*O CASTELO DOS
DESTINOS CRUZADOS*

Obras do autor publicadas pela Companhia das Letras

*Os amores difíceis*
*Assunto encerrado*
*O barão nas árvores*
*O caminho de San Giovanni*
*O castelo dos destinos cruzados*
*O cavaleiro inexistente*
*As cidades invisíveis*
*Coleção de areia*
*Contos fantásticos do século XIX* (org.)
*As cosmicômicas*
*O dia de um escrutinador*
*A entrada na guerra*
*Eremita em Paris*
*A especulação imobiliária*
*Fábulas italianas*
*Um general na biblioteca*
*Marcovaldo ou As estações na cidade*
*Mundo escrito e mundo não escrito — Artigos, conferências e entrevistas*
*Os nossos antepassados*
*Um otimista na América — 1959-1960*
*Palomar*
*Perde quem fica zangado primeiro* (infantil)
*Por que ler os clássicos*
*Se um viajante numa noite de inverno*
*Seis propostas para o próximo milênio — Lições americanas*
*Sob o sol-jaguar*
*Todas as cosmicômicas*
*A trilha dos ninhos de aranha*
*O visconde partido ao meio*

*ITALO CALVINO*

# *O CASTELO DOS DESTINOS CRUZADOS*

Tradução:
IVO BARROSO

*2ª edição*
*2ª reimpressão*

COMPANHIA DAS LETRAS

Copyright © 1973 by Espólio de Italo Calvino
*Proibida a venda em Portugal*

*Grafia atualizada segundo o Acordo Ortográfico da*
*Língua Portuguesa de 1990, que entrou em vigor no Brasil em 2009.*

Título original:
*Il castello dei destini incrociati*

Capa:
*Raul Loureiro*

Preparação:
*Márcia Copola*

Revisão:
*Victor Barbosa*
*Gabriela Morandini*

Atualização ortográfica:
*Verba Editorial*

*Os personagens e as situações desta obra são reais apenas no universo da ficção;*
*não se referem a pessoas e fatos concretos, e não emitem opinião sobre eles.*

Dados Internacionais de Catalogação na Publicação (CIP)
(Câmara Brasileira do Livro, SP, Brasil)

Calvino, Italo, 1923-1985.
    O castelo dos destinos cruzados / Italo Calvino ; tradução Ivo
Barroso. — 2ª ed. — São Paulo : Companhia das Letras, 1991.

    Título original: Il castello dei destini incrociati.
    ISBN 978-85-7164-162-4

    1. Romance italiano I. Título.

91-0141                                                    CDD-853.91

Índices para catálogo sistemático:
1. Romances : Século 20 : Literatura italiana  853.91
2. Século 20 : Romances : Literatura italiana  853.91

Todos os direitos desta edição reservados à
EDITORA SCHWARCZ S.A.
Rua Bandeira Paulista, 702, cj. 32
04532-002 — São Paulo — SP
Telefone: (11) 3707-3500
www.companhiadasletras.com.br
www.blogdacompanhia.com.br
facebook.com/companhiadasletras
instagram.com/companhiadasletras
twitter.com/cialetras

# SUMÁRIO

*O CASTELO DOS*
*DESTINOS CRUZADOS*

O castelo, *9*
História do ingrato punido, *15*
História do alquimista que vendeu a alma, *25*
História da esposa danada, *33*
História de um ladrão de sepulcros, *39*
História de Rolando louco de amor, *45*
História de Astolfo na Lua, *53*
Todas as outras histórias, *61*

*A TAVERNA DOS*
*DESTINOS CRUZADOS*

A taverna, *73*
História do indeciso, *77*
História da floresta que se vinga, *87*
História do guerreiro sobrevivente, *95*
História do reino dos vampiros, *103*
Duas histórias nas quais se procura e se perde, *115*
Também tento contar a minha, *125*
Três histórias de loucura e destruição, *139*

Nota, *149*

# O CASTELO DOS
# DESTINOS CRUZADOS

*O CASTELO*

Em meio a um denso bosque, um castelo dava refúgio a quantos a noite houvesse surpreendido em viagem: cavaleiros e damas, cortejos reais e simples viandantes.

Passei por uma ponte levadiça desconjuntada, apeei da montaria num pátio às escuras, palafrenei-ros silenciosos se ocuparam de meu cavalo. Estava exausto; mal podia suster-me sobre as pernas: desde que entrara no bosque, tais haviam sido as provas pelas quais passara, os encontros, as aparições, os duelos, que não conseguia reordenar nem meus atos nem meus pensamentos.

Subi uma escadaria; achei-me numa sala alta e espaçosa: muitas pessoas — também elas certamente hóspedes de passagem, que me haviam precedido pelas vias da floresta — estavam sentadas em torno a uma mesa posta, iluminada por vários candelabros.

Experimentei, ao olhar em redor, uma sensação estranha, ou melhor, duas sensações distintas, que se confundiam na minha mente um tanto vacilante e con-turbada pelo cansaço. Tinha a impressão de encontrar--me numa corte abastada, como não se poderia esperar de um castelo tão rústico e fora de mão; e isso não só pelas alfaias preciosas e o cinzelado da baixela, mas pela calma e abastança que reinava entre os comensais, todos de bela figura e vestidos com ataviada elegância.

■ *ITALO CALVINO*

Mas ao mesmo tempo percebia uma espécie de desleixo e desordem, para não dizer mesmo de licenciosidade, como se se tratasse não de uma mansão senhorial, mas de um albergue de estrada, onde pessoas desconhecidas entre si e de condições sociais e países diferentes se encontrassem em convívio por uma noite e, nessa promiscuidade forçada, cada qual sentisse afrouxarem-se as regras a que estivesse preso no seu ambiente próprio, e, assim como alguém se resigna a modos de vida menos confortáveis, da mesma forma se entrega a costumes mais livres e diversos. De fato, as duas impressões contrastantes podiam perfeitamente referir-se a um único objeto: fosse que o castelo, havia muitos anos visitado apenas como lugar de pousada, se tivesse aos poucos degradado a estalagem, e os castelões acabassem por se ver relegados à condição de taverneiros, embora conservando ainda os gestos de sua hospitalidade gentílica; ou fosse que uma taverna, como amiúde se vê nas imediações dos castelos para dar de beber aos soldados e cavaleiros, tivesse invadido — estando o castelo havia tempos abandonado — as antigas salas senhoriais para nelas instalar seus bancos e barris, e o fausto daquele ambiente — conjugado ao ir e vir de hóspedes ilustres — lhe fosse conferindo uma imprevista dignidade, a ponto de povoar de fantasia a imaginação do taverneiro e de sua mulher, que acabaram se acreditando soberanos de uma corte ostentosa.

Tais pensamentos, a bem dizer, não me ocuparam senão por um instante; mais forte era o alívio que sentia em me encontrar são e salvo em meio a uma ilustre companhia, e a impaciência em travar conversação (a um gesto de convite daquele que me parecia o castelão — ou o taverneiro —, me havia sentado no único lugar que permanecia vago) e trocar com meus companheiros de viagem o relato das aventuras pelas quais passáramos. Mas, naquela mesa, ao contrário do que sempre ocorre nas tavernas, e até mesmo nas cortes, ninguém proferia palavra. Quando algum dos hóspedes queria pedir ao vizinho que lhe passasse o sal ou o gengibre, fazia-o com um gesto, e se dirigia

O CASTELO DOS DESTINOS CRUZADOS ∎

igualmente com gestos aos criados para que lhe trinchassem uma fatia de empada de faisão ou lhe vertessem meia pinta de vinho.

Decidido a romper o que julgava fosse um torpor da língua após os cansaços da viagem, tentei desabafar-me numa exclamação eufórica como: "Bom proveito!", "Que sorte a nossa!", "Bons ventos nos trazem!", mas de minha boca não saiu um som que fosse. O tamborilar das colheres e o ruído das taças e das louças eram suficientes para me convencer de que não havia ficado surdo: só me restava então supor que estava mudo. Minha impressão se confirmou ao ver que todos os comensais moviam os lábios em silêncio com ar graciosamente resignado: estava claro que a travessia do bosque havia custado a cada um de nós a perda da fala.

Terminada a ceia num mutismo que os rumores da mastigação e os estalidos de sorver o vinho não tornavam mais afável, continuamos ali sentados a olhar uns para os outros com a frustração de não podermos trocar entre nós as muitas experiências que cada um teria a comunicar. A esse ponto, sobre a mesa recém-tirada, aquele que parecia ser o castelão pousou um maço de cartas. Era um baralho de tarô com cartas de formato maior do que essas com que se jogam partidas ou com as quais as ciganas predizem o futuro, e podiam-se reconhecer aproximadamente as mesmas figuras, pintadas com os esmaltes das mais preciosas miniaturas. Rei rainha cavaleiros e peões eram jovens vestidos com luxo como para uma festa principesca; os vinte e dois Arcanos Maiores pareciam tapeçarias antigas de um teatro de corte; as copas ouros espadas paus esplendiam como divisas heráldicas ornadas de frisos e frontões.

Começamos a espalhar as cartas sobre a mesa, descobertas, como para aprender a reconhecê-las e dar-lhes o devido valor nos jogos, ou o verdadeiro significado na leitura do destino. Contudo, não parecia que qualquer um de nós tivesse vontade de iniciar uma partida, e menos ainda de se pôr a interrogar o futuro, dado que os nossos futuros pareciam indefinidos, suspensos numa viagem que não havia terminado nem

*13*

■ *ITALO CALVINO*

estava para terminar. Era algo diverso o que víamos naquele tarô, algo que não nos deixava já agora afastar os olhos das tesselas douradas daquele mosaico.

Um dos comensais tirou para si as cartas esparsas, deixando vazia uma larga parte da mesa; mas não as reuniu em maço nem as embaralhou; tomou uma carta e colocou-a diante de si. Todos notamos a semelhança entre sua fisionomia e a figura da carta, e pareceu-nos compreender que ele queria dizer "eu" e que se dispunha a contar a sua história.

*HISTÓRIA DO INGRATO PUNIDO*

Apresentando-se a nós sob a figura do *Cavaleiro de Copas* — um jovem rosado e louro que ostenta um manto radiante de bordados em forma de sóis, e apresenta com a mão estendida uma oferenda à maneira dos Reis Magos —, o nosso comensal queria provavelmente informar-nos sua condição de abastança, sua inclinação para o luxo e a prodigalidade, mas igualmente — por mostrar-se a cavalo — um certo espírito de aventura, embora movido — assim julguei observando todos aqueles bordados que iam até a gualdrapa do corcel — mais pelo desejo de ostentação que por uma verdadeira vocação cavaleiresca.

O belo jovem fez um gesto como que para solicitar toda a nossa atenção e começou o seu mudo relato dispondo três cartas em fila sobre a mesa: o *Rei de Ouros*, o *Dez de Ouros* e o *Nove de Paus*. A expressão lutuosa com que havia deposto a primeira das três cartas e logo a jubilosa com que nos mostrou a carta seguinte pareciam querer fazer-nos compreender que, seu pai vindo a falecer — o *Rei de Ouros* representava um personagem ligeiramente mais velho que os demais e de aspecto grave e próspero —, ele entrara na posse de uma herança considerável e se havia logo posto em viagem. Esta última proposição, deduzimo-la do movimento do braço ao colocar a carta do *Nove de Paus*, a qual — com seu intrincado de ramos destacando-se de uma

rala vegetação de folhas e flores silvestres — recordava-nos o bosque que tínhamos atravessado havia pouco. (Até mesmo, a quem escrutasse a carta com um olhar mais agudo, o segmento vertical que cruza os outros troncos oblíquos sugeria precisamente o traçado da estrada que penetra no fundo da floresta.)

Portanto, o início da história poderia ser este: o cavaleiro, tão logo soube dispor dos meios de brilhar nas cortes mais faustosas, apressou-se em se pôr a caminho com uma bolsa repleta de moedas de ouro, para visitar os mais famosos castelos das vizinhanças, talvez com o propósito de conquistar uma esposa de alta estirpe; e, acariciando esses sonhos, se havia adentrado no bosque.

A essas cartas dispostas em fila, acrescentou mais uma que anunciava certamente um desagradável encontro: *A Força*. Em nosso baralho de tarô esse arcano era representado por um energúmeno armado, sobre cujas más intenções não deixavam dúvidas a expressão brutal, a clava brandida no ar, e a violência com que estendia no solo um leão com um simples golpe seco, tal como se fosse um coelho. A narrativa era clara: nas entranhas do bosque o cavaleiro fora surpreendido pela emboscada de um feroz bandido. As mais tristes previsões foram confirmadas pela carta que veio em seguida, ou seja, o duodécimo arcano, dito *O Enforcado*, em que se vê um homem em calções e camisa, pendurado de cabeça para baixo e preso apenas por um pé. Reconhecemos na vítima o nosso jovem louro: o bandido o havia espoliado de todos os seus haveres, deixando-o dependurado em um ramo, de cabeça para baixo. Respiramos aliviados com a notícia que nos trouxe o arcano *A Temperança*, posto sobre a mesa pelo nosso comensal com uma expressão de reconhecimento. Com isso soubemos que o homem dependurado sentira o som de passos e seus olhos revirados haviam distinguido uma jovem aproximar-se, talvez a filha de um lenhador ou de um cabreiro, avançando, pernas nuas, pelo prado, a levar duas bilhas de água, e que certamente voltava da fonte. Não nos restava dúvidas de que o homem de cabeça para baixo fora libertado, socorrido e restituído à sua posição natural por aquela humilde filha dos bosques. Quando vimos surgir o *Ás de Copas*, no qual estava desenhada uma fonte que jorrava entre musgos floridos e farfalhar de asas, foi como se tivéssemos ouvido ali perto o gorgolhar de uma nascente e o ofegar de um homem que deitado no chão nela matava a sede.

Mas há fontes que — alguém entre nós certamente pensou — assim que delas se bebe provocam ainda mais sede, em vez de aplacá-la. Era previsível que entre os dois jovens se acendesse — mal tivesse o cavaleiro se recuperado da vertigem — um sentimento que ia além da simples gratidão (por um lado), e da compaixão (por outro), e que tal sentimento encontrasse de imediato uma forma de exprimir-se — com a cumplicidade das sombras do bosque — num abraço sobre a erva do prado. Não à toa a carta que veio em seguida foi o *Dois de Copas* ornado da inscrição "meu amor" e florido de não-me-esqueças: indício mais que provável de um encontro amoroso.

Já nos dispúnhamos — principalmente as damas de nossa companhia — a saborear a sequência de uma terna história de amor, quando o cavaleiro pousou sobre a mesa outra carta de *Paus*, um *Sete*, em que nos pareceu ver afastar-se entre os troncos escuros da floresta a sua sombra delicada. Não havia como nos iludirmos de que as coisas se tivessem passado de outra forma: o idílio silvestre havia sido breve, pobre da moça, uma flor colhida no prado e ali deixada, o ingrato cavaleiro nem sequer se tinha voltado para dizer-lhe adeus.

Nesse ponto estava claro que começava uma segunda parte da história, após talvez um intervalo de tempo: o narrador havia na verdade começado a dispor outras cartas numa nova fila, ao lado da primeira, à esquerda, e pousou duas cartas sobre a mesa, *A Imperatriz* e o *Oito de Copas*. A súbita mudança de cenário deixou-nos desconcertados por um instante, mas a solução não demorou a impor-se — creio — a todos nós,

*19*

ou seja, que o cavaleiro havia encontrado finalmente o quanto andava buscando: uma esposa de alta e opulenta linhagem, como aquela que víamos ali em efígie, uma cabeça devidamente coroada, com seu brasão de família e sua face insípida — e até mesmo um pouco mais velha do que ele, como certamente notaram os mais maliciosos entre nós — e um vestido todo recamado de anéis entrelaçados como a dizer: "desposa-me desposa-me". Solicitação imediatamente atendida, se é verdade que a carta de *Copas* sugeria um banquete de núpcias, com duas fileiras de convidados que brindavam aos esposos sentados ao fundo de uma mesa de toalha engrinaldada.

A carta que foi deposta em seguida, o *Cavaleiro de Espadas*, anunciava, apresentando-se em trajes de guerra, um imprevisto: ou bem um mensageiro a cavalo havia irrompido em meio à festa trazendo uma notícia inquietante, ou o esposo em pessoa havia abandonado o banquete de núpcias para atender no bosque a um misterioso chamado, ou talvez as duas coisas ao mesmo tempo: o esposo fora advertido de uma aparição imprevista e logo empunhara armas e saltara à sela. (Escaldado com sua aventura anterior, não punha o nariz fora de casa senão armado até os dentes.)

Esperávamos impacientes uma outra carta mais explicativa; e veio *O Sol*. O pintor havia representado o astro do dia nas mãos de uma criança que corre, ou mesmo que voa por cima de uma paisagem vasta e variada. A interpretação desta passagem do relato não era fácil: podia significar apenas "era um belo dia de sol", e nesse caso o nosso narrador desperdiçava inutilmente suas cartas para reportar detalhes sem importância. Talvez melhor conviesse, em vez de nos determos no significado alegórico da figura, atentar para o sentido literal: uma criança seminua havia sido vista correndo nas vizinhanças do castelo onde se celebravam as núpcias, e era para seguir aquele pequeno que o esposo abandonara a mesa do banquete.

Mas não se podia negligenciar o objeto que a criança transportava: aquela cabeça radiosa podia conter a solução do enigma. Tornando a olhar para a carta com a qual o nosso herói se havia apresentado, voltamos a pensar nos desenhos ou recamos solares que trazia no manto quando foi atacado pelo bandido: talvez aquele manto, que o cavaleiro havia esquecido no prado de seus fugazes amores, era visto agora a desfraldar-se pela campina como um papagaio de papel e era para recuperá-lo que ele se havia lançado ao encalço do pequeno, ou melhor, pela curiosidade de descobrir como havia podido acabar ali, ou seja, para saber que ligação havia entre o manto, a criança e a jovem do bosque.

Esperávamos que essas interrogações fossem esclarecidas pela carta seguinte, e, quando vimos que essa era *A Justiça*, convencemo-nos de que neste arcano — que não mostrava apenas, como nos baralhos de tarô comuns, uma mulher com a espada e a balança, mas ainda, ao fundo (ou antes, conforme a posição em que fosse observado, uma espécie de coroamento da figura principal), um guerreiro a cavalo (ou uma amazona?) vestido de armadura, preparado para o ataque — estava oculto um dos capítulos mais férteis da nossa história. Não nos restava senão arriscar conjecturas. Por exemplo: quando estava a ponto de alcançar o garoto com seu papagaio, o perseguidor viu seu passo cortado por outro cavaleiro, armado dos pés à cabeça.

Que poderiam ter dito um ao outro? Em todo caso, para começar:

— Quem vai lá!

E o cavaleiro desconhecido havia descoberto o rosto, um rosto de mulher no qual o nosso conviva havia reconhecido a sua salvadora do bosque, agora já mais amadurecida, resoluta e calma, com um melancólico sorriso apenas esboçado entre os lábios.

— Que mais queres de mim? — deve ter lhe perguntado então.

— Justiça! — respondera a amazona. (A balança sugeria precisamente essa resposta.)

Melhor, pensando bem, o encontro podia ter se passado assim: uma amazona a cavalo havia saído do

*21*

bosque e partira ao ataque (figura ao fundo ou sob a forma de coroa), gritando-lhe:

— Alto lá! Sabes a quem estás seguindo?
— A quem?
— A teu filho! — dissera a guerreira, descobrindo o rosto (figura em primeiro plano).
— Que posso fazer? — deve ter perguntado o nosso homem, presa de rápido e tardio remorso.
— Enfrentar a justiça — (*balança*) — de Deus! Defende-te! — dissera ela, brandindo (*espada*) a espada.

"Agora vai contar-nos o duelo", pensei, e de fato a carta colocada à mesa naquele momento foi o tilintante *Dois de Espadas*. Voavam no ar as folhas talhadas e as plantas grimpantes se enrodilhavam nas lâminas. Porém, o olhar desconsolado que o narrador deitava àquela carta não nos deixava dúvidas quanto ao desfecho: sua adversária se revelara um espadachim aguerrido; cabia-lhe, agora, a ele, jazer em meio ao prado ensanguentado.

Volta a si, abre os olhos, e que vê? (Era a mímica — a bem dizer, um tanto enfática — do narrador que assim nos convidava a esperar a carta seguinte como uma revelação.) *A Papisa*: misteriosa figura monacal coroada. Teria sido socorrido por uma freira? Os olhos com que fixava a carta estavam cheios de horror. Uma feiticeira? Ele erguia as mãos suplicantes num gesto de terror sacral. A grande sacerdotisa de um culto secreto e sanguinário?

— Saibas que na pessoa da jovem ofendeste — (que mais lhe poderia ter dito a papisa para provocar-lhe aquele esgar de terror?) —, ofendeste Cibele, a deusa a quem este bosque é consagrado. Agora caíste em nossas mãos.

E que poderia ter ele respondido senão um súplice balbucio:

— Expiarei, repararei, perdão...
— Agora pertences ao bosque. O bosque é a perda de si, a mescla no todo. Para te unires a nós deves perder-te, desvencilhar-te de teus próprios

atributos, desmembrar-te, transformar-te no indiferenciado, unir-te ao tropel das Mênades que correm gritando pelo bosque.

— Não! — Era o grito que vimos sair de sua garganta emudecida, mas já a última carta completava a narrativa, e era o *Oito de Espadas*, as lâminas talhantes das desgrenhadas sequazes de Cibele abateram-se sobre ele, estraçalhando-o.

*HISTÓRIA DO ALQUIMISTA
QUE VENDEU A ALMA*

A comoção da narrativa não se havia ainda dissipado, quando outro conviva nos fez sinal de querer contar a sua história. Um trecho, principalmente, da narrativa do cavaleiro pareceu haver atraído sua atenção, ou antes, uma das conjugações casuais das cartas das duas filas: a do *Ás de Copas* e a da *Papisa*. Para indicar que ele se sentia pessoalmente relacionado com aquela conjugação, depositou à altura daquelas duas cartas, à direita, a figura do *Rei de Copas* (que podia passar por um retrato seu quando ainda muito jovem, se bem que, na verdade, exageradamente lisonjeiro) e à esquerda, continuando uma fila horizontal, um *Oito de Paus*.

A primeira interpretação dessa sequência que nos vinha à mente, insistindo em atribuir à fonte uma aura voluptuosa, era a de que o nosso comensal tivesse tido um relacionamento amoroso com uma freira num bosque. Ou melhor, que lhe tivesse oferecido copiosamente de beber, dado que a fonte parecia ter origem, reparando-se bem, num pequeno barril posto em cima de um lagar. Mas, pela fixidez melancólica de seu olhar, percebia-se que o homem parecia absorto em especulações das quais não apenas as paixões da carne mas até mesmo os prazeres mais veniais do comer e do beber deviam estar excluídos. Altas meditações deviam ser as suas, embora o aspecto mesmo assim mundano

de sua figura não deixasse dúvidas de que elas estivessem voltadas para a Terra e não para o Céu. (E assim surgia uma outra interpretação possível: que a fonte podia ser uma pia de água benta.)

A hipótese mais plausível que me ocorreu (e, como a mim, creio que igualmente aos outros silenciosos espectadores) era que aquela carta representasse a Fonte da Vida, o ponto supremo da pesquisa do alquimista, e que o nosso conviva fosse na verdade um desses sábios que, escrutando os alambiques e as serpentinas, os matrazes e as retortas, os atanores e os aludéis (do tipo da complicada ampola que sua figura em vestes reais trazia à mão), tentam arrancar à natureza os seus segredos, principalmente o da transformação dos metais.

Era de crer-se que, desde a mais tenra idade (este era o sentido do retrato com traços adolescentes, que também podia ao mesmo tempo fazer alusão ao elixir da longa vida), não tivesse conhecido outra paixão (a fonte permanecia não obstante um símbolo amoroso) que não fosse manipular os elementos, e havia esperado anos a fio ver o dourado rei do mundo mineral separar-se do aglomerado de enxofre e mercúrio, precipitar lentamente em depósitos opacos, que, no entanto, a cada vez se revelavam simples limalha de chumbo, a mera lia de um pez esverdeado. E nessa busca havia terminado por pedir conselho e ajuda a essas mulheres que se encontram às vezes nos bosques, conhecedoras de filtros e poções mágicas, dedicadas à arte do bruxedo e da adivinhação do futuro (como aquela que com supersticiosa reverência ele indicava como *A Papisa*).

A carta que veio em seguida, *O Imperador*, podia referir-se precisamente a uma profecia da feiticeira do bosque:

— Tu serás o homem mais poderoso do mundo.

Não era de se espantar que o nosso alquimista sentisse a cabeça virada e começasse a esperar cada dia uma alteração extraordinária no curso de sua vida. Esse evento devia assinalar-se na carta seguinte: e veio o enigmático Arcano Número Um, dito *O Mago*, no qual há que se reconhecer a figura de um mago ou charlatão entregue às suas práticas.

Portanto, o nosso herói, erguendo os olhos da mesa, vira um mago sentado à sua frente a manipular seus alambiques e retortas.

— Quem sois? Que fazeis aqui?

— Observa o que faço — teria dito o mago, indicando-lhe uma ampola de vidro num fornilho.

O olhar deslumbrado com que o nosso comensal depositou sobre a mesa um *Sete de Ouros* não deixava dúvidas quanto ao que tinha visto: o esplendor de todas as pedrarias do Oriente espalhadas diante de si.

— Podeis dar-me o segredo do ouro? — teria perguntado ao charlatão.

A carta seguinte era um *Dois de Ouros*, signo de troca — ocorreu-me pensar —, de uma compra e venda, uma permuta.

— Eu te vendo! — deve ter respondido o visitante desconhecido.

— Que quereis em troca?

A resposta que todos prevíamos era: "A alma!", mas só nos asseguramos disso quando o narrador descobriu a nova carta (e ele hesitou um momento antes de fazê-lo, começando a dispor uma outra fileira em sentido contrário), e essa carta foi *O Diabo*, ou seja, ele havia reconhecido no charlatão o velho príncipe de toda mescla e de toda ambiguidade — assim como nós agora reconhecíamos em nosso comensal o doutor Fausto.

— A alma! — havia, pois, respondido Mefistófeles: um conceito que não se pode representar senão pela figura de Psique, essa jovem cuja luz aclara as trevas, tal como a vemos no arcano *A Estrela*.

O *Cinco de Copas* que nos foi mostrado depois podia representar tanto o segredo alquímico que o Diabo revelava a Fausto quanto um brinde para selar o pacto, ou ainda um sino que com seu toque punha em fuga o visitante infernal. Mas podíamos igualmente entendê-lo como um discurso sobre a alma e sobre o

corpo como o vaso da alma. (Uma das cinco taças estava pintada de través, como se estivesse vazia.)

— A alma? — podia ter respondido o nosso Fausto. — E se eu não tiver alma?

Mas talvez não fosse por uma alma individual que Mefistófeles se afanara.

— Com esse ouro construirás uma cidade — dizia a Fausto. — É a alma de toda essa cidade que desejo em troca.

— Negócio feito.

Então o Diabo pôde desaparecer com um sorriso escarninho que mais parecia um uivo: velho habitante dos campanários, acostumado a contemplar, apoiado nas gárgulas, a linha dos telhados, sabia que as cidades abrigam almas mais encarnadas e duradouras que todas as almas dos habitantes reunidos.

Restava ainda interpretar *A Roda da Fortuna*, uma das imagens mais complicadas de todo o jogo de tarô. Podia querer dizer simplesmente que a fortuna havia girado para o lado de Fausto, mas essa parecia uma explicação óbvia demais para o modo de narrar do alquimista, sempre elíptico e alusivo. Em vez disso, era legítimo admitir que o nosso doutor, entrando na posse do segredo diabólico, tivesse concebido um plano desmesurado: o de transformar em ouro tudo o que fosse transformável. A roda do Décimo Arcano representaria agora literalmente as engrenagens que giravam no Grande Moinho do Ouro, o mecanismo gigantesco que teria erguido a Metrópole Toda Feita de Metal Precioso; e as figuras humanas de várias idades, que se viam empurrando a roda ou rodando com ela, estavam ali para indicar as multidões de homens que acorriam para dar mão forte ao projeto ou que dedicavam seus anos de vida para fazer as engrenagens girarem noite e dia. Essa interpretação não levava em conta todos os particulares da miniatura (por exemplo, as orelhas e rabos animais que ornavam alguns dos seres humanos que rodavam), mas constituía uma base para ler as sucessivas cartas de copas e de ouros como o Reino da Abundância em que nadavam os habitantes da Cidade do Ouro. (Os círculos amarelos em sequência talvez evocassem as cúpulas esplêndidas dos arranha-céus de ouro que flanqueavam as ruas da Metrópole.)

Mas quando viria o Bífido Contratante cobrar o preço pactuado? As duas últimas cartas da história já estavam sobre a mesa, dispostas pelo primeiro narrador: o *Dois de Espadas* e *A Temperança*. Às portas da Cidade do Ouro, guardas armados barravam o passo a quem quisesse entrar, para impedir o acesso ao Exator de Pé Fendido, sob qualquer disfarce com que se apresentasse. E, mesmo quando se aproximava uma simples donzela como a da última carta, os guardas intimavam-na a parar.

— Inútil fechardes vossas portas — era a réplica que se podia esperar da carregadora de água —, não tenho a menor intenção de entrar numa Cidade que é toda feita de metal compacto. Nós, os habitantes do fluido, só visitamos os elementos que escorrem e que se mesclam.

Era uma ninfa aquática? Uma rainha dos elfos do ar? Um anjo do fogo líquido que jaz no centro da Terra?

(Na *Roda da Fortuna*, observando-se bem, talvez as metamorfoses animalescas constituíssem apenas o primeiro passo de uma regressão do humano ao vegetal e deste ao mineral.)

— Tens medo de que as nossas almas caiam nas mãos do Diabo? — teriam perguntado os habitantes da Cidade.

— Não: de que não tenhais almas para dar-lhe.

*HISTÓRIA DA ESPOSA DANADA*

Não sei quantos de nós haviam conseguido decifrar de uma maneira ou de outra aquela história, sem se perder em meio a todos os cartapácios de copas e ouros que surgiam exatamente quando desejávamos uma clara ilustração dos fatos. A comunicabilidade do narrador era bastante escassa, dado talvez que seu engenho fosse mais voltado para o rigor da abstração do que para a evidência das imagens. Em suma, alguns entre nós se deixavam distrair ou se detinham sobre certas conjugações de cartas e não conseguiam ir além.

Por exemplo, um de nós, um guerreiro de olhar melancólico, que se havia apoderado de um *Valete de Espadas* muito parecido com ele, e de um *Seis de Paus*, aproximou-os do *Sete de Ouros* e da *Estrela* como se quisesse formar uma fila vertical por sua conta.

Talvez para ele, soldado perdido no bosque, aquelas cartas seguidas da *Estrela* quisessem significar uma cintilação como a dos fogos-fátuos que o havia atraído para uma clareira entre as árvores, onde lhe aparecera uma jovem de palor sidéreo que vagueava pela noite em camisola de dormir e com os cabelos soltos, erguendo alto um círio aceso.

Seja como for, ele continuou impávido sua fileira vertical, baixando duas cartas de *Espadas:* um *Sete* e uma *Rainha*, conjugação já de si difícil de interpretar, mas que talvez sugerisse alguma espécie de diálogo deste tipo:

— Nobre cavaleiro, eu te suplico, desfaz-te de tuas armas e couraça e permite que eu as tome! — (Na miniatura a *Rainha de Espadas* enverga uma armadura completa, com braceleiras, cotoveleiras, manoplas, sobressaindo-se como uma camisola de ferro das bordas recamadas de suas cândidas mangas de seda.) — Estouvada, comprometi-me com alguém cujo abraço ora abomino e que virá esta noite reclamar-me o cumprimento da promessa! Sinto-o aproximar-se! Armada, não deixarei que se apodere de mim! Eia, salva uma donzela perseguida!

Que o guerreiro tenha consentido prontamente é algo de que não se podia duvidar. E eis que, ao vestir a armadura, a pobrezinha se transforma em rainha de torneio, pavoneia em redor, exibe-se toda. Um sorriso de júbilo sensual anima a palidez de sua face.

Mas aqui de novo começava um desfile de cartapácios cuja compreensão era um problema: um *Dois de Paus* (sinal de uma bifurcação, de uma escolha?), um *Oito de Ouros* (algum tesouro oculto?), um *Seis de Copas* (um convite amoroso?).

— Tua cortesia merece um galardão — deve ter dito a jovem do bosque. — Escolhe o prêmio que preferes: posso dar-te riqueza, ou então...

— Ou então?

— ... Posso me dar a ti.

A mão do guerreiro baixou sobre o naipe de copas: havia escolhido o amor.

Para a continuação da história devíamos deixar trabalhar a imaginação: ele já estava nu, ela afrouxou a armadura que acabara de vestir e, através das placas de bronze, nosso herói conseguiu chegar a um seio tenro e teso e túrgido, insinuou-se entre o férreo coxote e a tépida coxa...

De caráter reservado e pudico, o soldado não se alongou em pormenores: tudo o que nos soube dizer foi colocar ao lado de uma carta de *Copas* uma outra de *Ouros*, com um ar de suspiro, como a dizer:

— Pareceu-me entrar no Paraíso...

A figura que depositou em seguida parecia confirmar a imagem dos umbrais do Paraíso, mas ao mesmo tempo interrompia bruscamente a entrega voluptuosa: era um *Papa* de austeras barbas brancas, como o primeiro dos pontífices que hoje guarda as Portas do Céu.

— Quem está a falar de Paraíso? — No alto do bosque em meio às nuvens apareceu são Pedro trovejando em seu trono:

— Para esta a nossa porta estará fechada por todo o sempre!

O modo como o narrador depositou uma nova carta, com um gesto rápido, mas mantendo-a escondida, e com a outra mão tapando os olhos, como que nos preparava para uma revelação: a mesma com que ele se deparou quando, baixando os olhos dos ameaçadores umbrais celestes, pousou-os sobre a dama em cujos braços jazia e viu o gorjal emoldurar não mais uma face de pomba no cio, não mais as narinas maliciosas, o pequenino nariz arrebitado, mas sim uma barreira de dentes sem gengivas nem lábios, duas fossas nasais escavadas no osso, os pômulos macilentos de um crânio, sentindo que envolvia nos seus os membros ressequidos de um cadáver.

A gélida aparição do Arcano Número Treze (a legenda *A Morte* não figura nem mesmo nos maços de cartas em que todos os arcanos menores trazem escritos os seus nomes) havia reacendido em todos nós a impaciência de conhecer o final da história. O *Dez de Espadas* que vinha agora seria a barreira dos arcanjos que vedava à alma danada o acesso ao Céu? O *Cinco de Paus* indicaria uma passagem através do bosque?

Neste ponto, a coluna de cartas se havia ligado ao *Diabo*, colocado naquele ponto pelo narrador precedente.

Não era preciso conjecturar muito para compreender que do bosque havia saído o noivo tão temido pela defunta prometida: Belzebu em pessoa, que, exclamando: "Não adianta, minha querida, trapacear nas cartas! Para mim, todas as tuas armas e armaduras (*Quatro de Espadas*) não valem dois vinténs (*Dois de Ouros*)!", levou-a consigo para debaixo da terra.

O Diabo

*HISTÓRIA DE
UM LADRÃO DE SEPULCROS*

Um suor frio não havia ainda se enxugado em minha espinha, e já me defrontava com outro comensal, para quem o quadrado *Morte, Papa, Oito de Ouros* e *Dois de Paus* parecia despertar outras recordações, a julgar pela maneira como ele voltava o olhar para essas cartas, pondo a cabeça de través, como se não soubesse por onde começar. Quando colocou à margem o *Valete de Ouros*, em cuja figura era facilmente reconhecível seu ar de provocadora arrogância, compreendi que também ele queria contar alguma coisa, a começar por ali, e que se tratava de sua própria história.

Mas que teria a ver, aquele desenvolto rapagão, com o macabro reino dos esqueletos evocado pelo Arcano Número Treze? Não era certamente o tipo dos que passeiam meditando pelos cemitérios, a menos que fosse atraído a esses lugares por algum propósito escuso: por exemplo, o de forçar os túmulos para subtrair aos mortos os objetos preciosos que teriam inadvertidamente levado consigo para a última viagem...

São em geral os Grandes da Terra que costumam ser enterrados juntamente com os atributos de sua condição, coroas de ouro, anéis, cetros, vestes esplendentes. Se este rapaz era de fato um ladrão de túmulos, devia buscar nos cemitérios os sepulcros mais ilustres, por exemplo, a tumba de um *Papa*, dado que os pontífices baixam à cova com todo o esplendor de seus pa-

*41*

ramentos. O ladrão, numa noite sem Lua, devia ter erguido a pesada lápide da tumba fazendo alavanca com o *Dois de Paus* e penetrara no sepulcro.

E depois? O narrador pousou um *Ás de Paus* e fez um gesto ascendente, como a indicar alguma coisa que subisse: por um momento fiquei em dúvida se não me havia enganado em toda a minha conjectura, tanto que o gesto parecia estar em contradição com o penetrar do ladrão na catacumba papal. A menos que se pudesse supor que do sepulcro, mal fosse levantada a tampa, surgisse um tronco de árvore reteso e altíssimo, e que o ladrão houvesse nele trepado, ou ainda que se sentisse transportado para o alto, em cima da árvore, entre os ramos, na espessa copa vegetal.

Por sorte o moço, ainda que fosse um sinistro malfeitor, pelo menos ao contar a sua história não se limitava a juntar uma carta a outra (procedia aos pares, colocando-as numa dupla fileira horizontal, da esquerda para a direita), mas ajudava-nos com uma gesticulação bem dosada, simplificando um pouco a nossa tarefa. Foi assim que consegui compreender que com o *Dez de Copas* queria significar o cemitério visto do alto, como ele o contemplava de cima da árvore, com todas as campas alinhadas sobre os seus pedestais ao longo das aleias. Enquanto com o arcano dito *O Anjo* ou *O Juízo* (no qual os anjos em torno ao tronco celeste tocam a alvorada que fará os mortos se erguerem dos túmulos) talvez quisesse apenas sublinhar o fato de que ele contemplava as campas do alto como os habitantes do céu no Grande Dia.

No alto da árvore, por ela trepando como um moleque, o nosso herói chegou a uma cidade suspensa. Assim acreditava haver interpretado o maior dos arcanos, *O Mundo*, que naquele baralho de tarô retrata uma cidade que flutua sobre ondas ou nuvens, erguida no ar por dois cupidos alados. Era uma cidade cujos tetos tocavam a abóbada celestial assim como outrora *A Torre* de Babel, tal como nos foi mostrada, logo em seguida, por um outro arcano.

— Quem desce ao abismo da Morte e sobe após à Árvore da Vida — com estas palavras imaginei fosse acolhido o involuntário peregrino —, chega à Cidade do Possível, onde se contempla o Todo e se decidem as Escolhas.

Nesse ponto a mímica do narrador já não nos ajudava e soía trabalhar à base de conjecturas. Podíamos imaginar que, tendo entrado na Cidade do Todo e das Partes, o nosso facínora fosse assim apostrofado:

— Preferes a riqueza (*Ouros*) ou a força (*Espadas*) ou ainda a sabedoria (*Copas*)? Escolhe, depressa!

Era um arcanjo férreo e radioso (*Cavaleiro de Espadas*) que lhe lançava essa pergunta, e o nosso herói, rápido:

— Escolho a riqueza (*Ouros*)! — gritou.

— Vais ganhar é *Paus*! — foi a resposta do arcanjo a cavalo, enquanto a cidade e a árvore se dissolviam numa nuvem de fumo e o ladrão se precipitava num desmoronar de ramos despedaçados no meio do bosque.

*HISTÓRIA DE*
*ROLANDO LOUCO DE AMOR*

Agora as cartas de tarô dispostas sobre a mesa formavam um quadrado completamente fechado, com uma janela aberta ao centro. Sobre ela inclinou--se um comensal que até então estivera como que absorto, o olhar perdido. Tratava-se de um guerreiro de grande estatura; erguia os braços como se fossem de chumbo, e movia a cabeça lentamente como se o peso de seus pensamentos lhe houvesse fendido a nuca. Certamente algum profundo desespero pairava sobre aquele capitão que devia ter sido, havia não muito tempo, mortífera máquina de guerra.

A figura do *Rei de Espadas*, que tentava transmitir num único retrato seu passado belicoso e seu melancólico presente, foi por ele aproximada da margem esquerda do quadrado, na altura do *Dez de Espadas*. E de repente nossos olhos foram como que cegados pela nuvem de pó das batalhas, ouvimos o som das trompas, já as lanças voavam em pedaços, já nos beiços dos cavalos que se atropelavam se confundiam as babas iridescentes, já as espadas ora de corte ora de lâmina batiam ora sobre o corte ora sobre a lâmina de outras espadas, e onde um círculo de inimigos vivos saltava sobre as selas e ao apearem já não encontravam os cavalos mas a tumba, lá no meio desse círculo estava o paladino Rolando que revolteava nos ares a sua Durindana. Nós o reconhecemos, era bem ele que nos con-

tava a sua história, feita de tormentos e tormentas, comprimindo o pesado dedo de ferro sobre cada carta.

Indicava agora a *Rainha de Espadas*. Na figura daquela dama loura, que em meio a placas metálicas e a lâminas afiadas exibe um inapreensível sorriso de graça sensual, reconhecemos Angélica, a maga que viera de Catai para a ruína das armadas francas, e não tínhamos dúvida de que o conde Rolando ainda estava enamorado dela.

Depois dela, abria-se um vazio; Rolando ali pousou uma carta: o *Dez de Paus*. Vimos a floresta entreabrir-se a contragosto ante o avançar do campeão, as agulhas dos abetos se fazerem hirtas como os acúleos dos ouriços, os carvalhos enfunarem o tórax musculoso de seus troncos, as faias arrancarem as raízes do solo para lhe constranger o passo. Todo o bosque parecia dizer-lhe:

— Não entres! Por que abandonas os metálicos campos de guerra, reino do descontínuo e do distinto, as congeniais carnificinas nas quais excele o teu talento para tudo decompor e destruir, e te aventuras na verde natura mucilaginosa, nos espirais da continuidade viva? O bosque do amor não é lugar para ti, Rolando! Estás seguindo um inimigo contra as insídias de quem não há escudo que te possa proteger. Esquece-te de Angélica! Volta!

Mas a verdade é que Rolando não dava ouvidos àquelas admoestações e que uma única visão o ocupava: a que vinha representada no arcano número VII que ora pousava sobre a mesa, ou seja, *O Carro*. O artista que havia iluminado com esplêndidos tons de esmalte nossas cartas de tarô tinha posto a conduzir *O Carro* não um rei, como amiúde se vê nos baralhos mais comuns, mas antes uma mulher com roupagens de maga ou soberana oriental, a qual sustinha as rédeas de dois cavalos brancos alados. Era assim que a desvairada fantasia de Rolando figurava a majestosa marcha de Angélica pelo bosque, e eram pegadas de cascos alados que ele seguia, mais leves que as patas dos insetos, um polvilhar dourado sobre as folhas, como deixam cair certas libélulas, o rastro que lhe servia de guia no emaranhado da floresta.

Pobre infeliz! Não sabia ainda que no mais ermo dos ermos um enlace amoroso lânguido e cálido unia naquele instante Angélica e Medoro. Foi preciso que o arcano do *Amor* lho revelasse, com todo aquele langor do desejo que o nosso miniaturista soubera imprimir ao olhar dos dois enamorados. (Começamos a perceber que, com suas mãos de ferro e seu ar desvairado, Rolando havia guardado para si desde o princípio as cartas mais belas do maço, deixando que as demais balbuciassem suas vicissitudes ao som de copas e paus e ouros e espadas.)

A verdade finalmente se fez na mente de Rolando: no úmido fundo do bosque feminil há um templo de Eros em que prevalecem outros valores diversos daqueles que impõe a sua Durindana. O favorito de Angélica não era um dos ilustres comandantes de esquadrão mas um rapazelho do séquito, esbelto e grácil como uma donzela; sua figura ampliada apareceu na carta seguinte: o *Valete de Paus*.

Para onde haviam fugido os amantes? Para onde quer que tivessem ido, a substância de que foram feitos era por demais tênue e fugaz para servir de presa às manoplas de ferro do paladino. Quando não tinha mais dúvidas quanto ao fim de suas esperanças, Rolando fez alguns movimentos desordenados — desembainhou a espada, aplicou as esporas, ergueu-se nos estribos —, depois algo dentro dele se rompeu, explodiu, acendeu e fundiu-se, e instantaneamente apagou-se-lhe o lume do intelecto e ele mergulhou na escuridão.

Então, a ponte de cartas traçada através do quadrado foi tocar no lado oposto, na altura do *Sol*. Um cupido fugia a voar levando consigo o lume da inteligência de Rolando, e pairava sobre as terras de França atacadas pelos Infiéis, sobre mares que as galés sarracenas haviam sulcado impunemente, agora que o mais valoroso campeão da cristandade jazia obnubilado pela demência.

*A Força* completava a série. Fechei os olhos. Meu

*49*

peito não podia suportar a vista daquela flor da cavalaria transformada numa cega explosão telúrica, igual a um ciclone ou a um terremoto. Assim como outrora as hostes maometanas eram dizimadas pelos golpes de sua Durindana, agora o turbilhão de sua maça se abatia sobre as bestas ferozes que no caos das invasões haviam passado da África para as costas da Provença e Catalunha; um manto de peles de felinos fulvas e coloridas e mosqueadas havia recoberto os campos ora transformados em deserto por onde ele passava: nem o cauto leão, nem o tigre longilíneo, nem o retrátil leopardo teriam sobrevivido a tal massacre. Depois tocaria a vez ao olinfante, ao otorrinoceronte e ao cavalo do rio, ou seja, o hipopótamo: uma camada de pele de paquidermes ia aos poucos se espessando sobre uma Europa calosa e ressequida.

O dedo inexoravelmente preciso do narrador voltou ao princípio, ou seja, pôs-se a articular a fileira de baixo, começando pela esquerda. Vi (e ouvi) o estalido dos troncos dos carvalhos desraigados pelo possesso naquele *Cinco de Paus*, lamentei a inação da Durindana que ficara abandonada a pender de uma árvore naquele *Sete de Espadas*, deplorei o desgaste de energias e de bens naquele *Cinco de Ouros* (acrescido no momento ao espaço vazio).

A carta que depunha agora lá no meio era *A Lua*. Um frio reflexo brilha sobre a terra escura. Uma ninfa de aspecto demente ergue a mão para a dourada foice celestial como se soasse uma harpa. É verdade que a corda arrebentada pende de seu arco: a Lua é um planeta vencido, e a Terra conquistadora é prisioneira da Lua. Rolando percorre uma terra que se tornou lunar.

A carta do *Louco*, que nos foi mostrada logo depois, era mais que eloquente ao seu propósito. Passada agora a mais forte fase do furor, de clava ao ombro como se fosse um caniço, magro qual fora um esqueleto, maltrapilho, sem as bragas, a cabeça repleta de penas (trazia presas nos cabelos coisas de todo gênero, plumas de tordo, ouriços de castanhas, espinhos de azevinhos e bagas de silvões, vermes que lhe sugavam a inteligência extinta, fungos, musgos, espórulos e sépalas), eis que Rolando já havia descido ao coração caótico das coisas, ao centro do quadrado do tarô e do mundo, ao ponto de interseção de todas as ordens possíveis.

Sua razão? O *Três de Copas* fez-nos lembrar que estava numa ampola guardada no Vale das Razões Perdidas, mas, como a carta representava um cálice emborcado entre dois outros cálices de pé, era possível que nem mesmo naquele depósito estivesse conservada.

As últimas duas cartas da fila ali estavam sobre a mesa. A primeira era *A Justiça*, que já havíamos encontrado, coroada pelo friso do guerreiro a galope. Sinal de que os cavaleiros do Exército de Carlos Magno seguiam a pista de seu campeão, velando por ele, não renunciando a devolver sua espada ao serviço da Razão e da Justiça. Era, portanto, com a Razão, na imagem da loura justiceira com a espada e a balança, que ele devia afinal acertar suas contas? A Razão do relato que se oculta sob o Acaso combinatório das cartas espalhadas do tarô? Quereria dizer que no final das contas chega o momento em que o agarram e amarram para meter-lhe pela goela adentro a inteligência recusada?

Na última carta contemplamos o paladino atado de cabeça para baixo, como *O Enforcado*. E eis finalmente que sua face se torna serena e luminosa, os olhos límpidos como nem mesmo os tinha no exercício da razão passada. Que estará dizendo? Diz:

— Deixai-me assim. Dei a volta completa e compreendi. O mundo lê-se ao contrário. Tudo é claro.

*HISTÓRIA DE
ASTOLFO NA LUA*

Deu-me vontade de recolher outros testemunhos sobre o juízo de Rolando, principalmente daquele que havia feito de sua recuperação um dever, uma prova de sua engenhosa intrepidez. Queria que Astolfo estivesse ali conosco. Entre os comensais que nada haviam ainda contado estava um tipo franzino como um jóquei ou leve como um duende, que de quando em quando se saracoteava todo, como se o seu e o nosso mutismo fossem para ele um motivo de divertimento sem conta. Observando-o, ocorreu-me que bem poderia ser ele o cavaleiro inglês, e por isso convidei-o explicitamente a contar a sua história apresentando-lhe a figura do maço de cartas que mais me parecia assemelhar-se a ele: o pinote hilariante do *Cavaleiro de Paus*. O pequeno personagem sorridente estendeu a mão, mas em vez de tomar a carta fê-la voar aos ares com um impulso do indicador sobre o polegar. A carta ondulou como uma folha ao vento e foi pousar sobre a mesa próximo da base do quadrado.

Agora já não havia janelas abertas no centro do mosaico e restavam poucas cartas fora do jogo.

O cavaleiro inglês tomou um *Ás de Espadas* (reconheci a Durindana de Rolando deixada inoperante apensa a uma árvore...), aproximou-a do ponto onde estava *O Imperador* (representado com a barba branca e a florida sabedoria de Carlos Magno no trono...),

como se se aprestasse com sua história a levantar uma coluna vertical: *Ás de Espadas, Imperador, Nove de Copas...* (Como Rolando continuasse por longo tempo ausente do Campo dos Francos, Astolfo foi chamado pelo Rei Carlos e convidado a banquetear a seu lado...) Depois vinham *O Louco* semiandrajoso e seminu com penas na cabeça, e *O Amor*, deus alado que do alto de sua coluna torsa dardeja sobre os casais apaixonados. (Tu sabes decerto, Astolfo, que o príncipe dos nossos paladinos, Rolando, nosso sobrinho, perdeu o lume que distingue o homem e a besta sensata das bestas e dos homens sem siso, e agora possesso corre os bosques, coberto de plumas de pássaros, só respondendo ao pipilo dos voláteis qual se outra linguagem mais não conhecesse. E mal menor seria se o tivesse reduzido a esse estado algum zelo intempestivo de penitência cristã, a humilhação de si mesmo, as macerações do corpo e o castigo do orgulho da mente, pois que em tal caso o dano poderia de certo modo ser contrabalançado por uma vantagem espiritual, ou seria em todo caso um fato de que poderíamos não digo nos orgulhar, mas falar dele à roda sem ter pejo, quiçá apenas abanando um pouco a cabeça; mas a desgraça é que foi levado à loucura por Eros, deus pagão, que quanto mais reprimido mais devasta...)

A coluna continuava com *O Mundo*, onde se vê uma cidade fortificada com um círculo em torno — Paris circunscrita por suas muralhas, submetida havia meses ao cerco sarraceno —, e com *A Torre*, que representa com verossimilhança o precipitar de cadáveres do alto dos taludes entre jatos de azeite escaldante e máquinas de guerra em ação; e assim descrevia a situação militar (talvez com as mesmas palavras de Carlos Magno: "O inimigo exerce pressão aos pés de Montmartre e de Montparnasse, abre brechas em Ménilmontant e em Montreuil, incendeia a Porte Dauphine e a Porte des Lilas..."), não faltava senão uma última carta, o *Nove de Espadas*, para que a fileira terminasse com uma nota de esperança (assim como o discurso do Imperador não podia ter outra conclusão senão esta: "Só nosso sobrinho poderia conduzir uma surtida que rompesse o círculo de ferro e de fogo... Vai, Astolfo, ao encalço do juízo de Rolando, onde quer que ele o tenha perdido, e trá-lo de volta: é a nossa única esperança de salvação! Corre! Voa!").

Que devia fazer Astolfo? Tinha em mãos ainda uma boa carta: o arcano dito *O Eremita*, aqui representado como um velho corcunda de clepsidra à mão, um adivinho que reverte o tempo irreversível e antes do antes vê o depois. Foi, portanto, a esse sábio ou mago à maneira de Merlin que Astolfo recorreu para saber onde poderia recuperar o juízo de Rolando. O eremita lia o escorrer dos grãos de areia da clepsidra, enquanto nós nos atínhamos a ler a segunda coluna da história, aquela imediatamente à esquerda, de cima para baixo: *Juízo, Dez de Copas, Carro, Lua...*

— É aos céus que tu deves subir, Astolfo — (o arcano angélico do *Juízo* indicava uma ascensão sobre-humana) —, aos campos lívidos da Lua, onde um interminável depósito conserva dentro de ampolas enfileiradas — (como na carta de *Copas*) — as histórias que os homens não viveram, os pensamentos que bateram uma vez aos portais da consciência e se desvaneceram para sempre, as partículas do possível descartadas no jogo das combinações, as soluções às quais se poderia chegar e não se chega...

Para subir à Lua (o arcano *O Carro* nos dava disso uma notícia supérflua embora poética), recorre-se convencionalmente às raças híbridas de cavalos ou Pégasos ou Hipogrifos; as Fadas os criam em suas cavalariças douradas para atrelá-los às suas bigas e trigas. Astolfo tinha o seu Hipogrifo e montou à sela. Fez-se ao largo nos céus. A Lua crescente veio-lhe ao encontro. Planou. (No tarô, *A Lua* era pintada com mais doçura do que nas noites de pleno verão os atores rústicos a representam no drama de Píramo e Tisbe, mas com recursos alegóricos igualmente simples...)

Depois vinha *A Roda da Fortuna*, exatamente no ponto em que esperávamos uma descrição mais particularizada do mundo da Lua, que nos permitisse dar

livre curso às velhas fantasias sobre aquele mundo ao revés, em que o asno é rei, o homem é quadrúpede, as crianças dirigem os anciãos, os sonâmbulos governam o timão, os cidadãos volteiam como esquilos nas rodas de suas gaiolas, e quantos outros paradoxos a imaginação pode decompor e recompor.

Astolfo havia subido à procura da Razão no mundo do gratuito, ele próprio um Cavaleiro do Gratuito. Que juízo tirar, para norma da Terra, dessa Lua de delírio dos poetas? O cavaleiro tentou fazer essa pergunta ao primeiro habitante que encontrou na Lua: ao personagem retratado no arcano número um, *O Mago*, nome e imagem de significado controverso que aqui, no entanto, podia compreender-se — pelo cálamo que traz à mão — como sendo um poeta.

Nos pálidos campos da Lua, Astolfo encontra o poeta, aplicado em interpolar em sua trama as rimas de uma oitava, os fios dos enredos, as razões e as desrazões. E, se ele habita bem no meio da Lua — ou é por ela habitado, como de seu núcleo mais profundo —, nos dirá se é verdade que ela contém o rimário universal das palavras e das coisas, se ela é um mundo pleno de sentido, o oposto da Terra insensata.

— Não, a Lua é um deserto — essa era a resposta do poeta, a julgar pela última carta baixada à mesa: a calva circunferência do *Ás de Ouros* —, desta esfera árida partem todos os discursos e poemas; e todas as viagens através de florestas batalhas tesouros banquetes alcovas nos trazem de volta para cá: o centro de um horizonte vazio.

*TODAS AS OUTRAS HISTÓRIAS*

O quadrado agora se encontra inteiramente recoberto de cartas de tarô e de histórias. As cartas do maço estão todas à mostra sobre a mesa. E a minha história, onde está? Não consigo distingui-la entre as outras, tão intrincado se tornou seu entrelaçamento simultâneo. De fato, a tarefa de decifrar as histórias uma por uma fez-me negligenciar até aqui a peculiaridade mais saliente de nosso modo de narrar, ou seja, que cada relato corre ao encontro de outro relato e, enquanto um dos convivas dispõe sua fileira, outro comensal no outro extremo da mesa avança em sentido oposto, de modo que as histórias contadas da esquerda para a direita ou de baixo para cima podem ser igualmente lidas da direita para a esquerda ou de cima para baixo, e vice-versa, tendo-se em conta que as mesmas cartas apresentando-se numa ordem diversa não raro mudam de significado, e a mesma carta de tarô serve ao mesmo tempo a narradores que partem dos quatro pontos cardeais.

Assim é que, quando Astolfo começava a expor sua aventura, uma das mais belas damas da companhia, apresentando-se com o perfil da dama amorosa da *Rainha de Ouros*, já dispunha, no ponto de chegada de seu percurso, de duas cartas, *O Eremita* e o *Nove de Espadas*, que lhe serviam, porque sua história começava exatamente assim: ela recorrendo a um adivinho para saber que fim teria a guerra que havia

muitos anos a mantinha sitiada numa cidade que lhe era estranha; e *O Juízo* e *A Torre* lhe traziam a notícia de que os Deuses tinham decretado havia tempos a queda de Troia. De fato, aquela cidade fortificada e assediada (*O Mundo*) que no relato de Astolfo era Paris cobiçada pelos mouros, era vista como Troia por aquela que devia ser dessa longa guerra a primitiva causa. Portanto, aqui os banquetes ressoantes de cantos e o arranhar contínuo das cítaras (*Dez de Copas*) eram aqueles que os aqueus preparavam para o dia suspirado da expugnação.

Ao mesmo tempo, no entanto, outra *Rainha* (esta, auxiliadora, *de Copas*) avançava em outra história ao encontro da história de Rolando, ao longo de seu próprio percurso, começando pela *Força* e pelo *Enforcado*. Quer dizer que essa rainha contemplava um temível bandido (pelo menos era assim que o haviam descrito) amarrado a um instrumento de tortura, e ao *Sol*, por veredicto da *Justiça*. Apiedou-se dele, aproximou-se, deu-lhe de beber (*Três de Copas*), e percebeu que se tratava de um jovem ágil e gentil (*Valete de Paus*).

Os arcanos *Carro Amor Lua Louco* (que já haviam servido ao sonho de Angélica, à loucura de Rolando e à viagem do Hipogrifo) eram agora utilizados para a profecia do adivinho a Helena de Troia: "Entrará com os vencedores uma mulher num carro, uma rainha ou deusa, e teu Páris ficará enamorado dela" — o que forçava a bela e adúltera esposa de Menelau a fugir à luz da Lua da cidade assediada, oculta sob humildes vestes, acompanhada apenas pelo bufão da corte —, e para a história que era contada simultaneamente pela outra rainha, de como, estando enamorada do prisioneiro, libertara-o na calada da noite, e o induzira a fugir disfarçado de mendigo, devendo ficar à espera de que ela o viesse alcançar com seu carro real, na obscuridade do bosque.

Em seguida as duas histórias prosseguiam cada qual para o seu próprio desfecho, Helena voltando para o Olimpo (*Roda da Fortuna*) e comparecendo ao banquete (*Copas*) dos Deuses; a outra esperando em vão no bosque (*Paus*) o homem por ela liberto até os primeiros clarões dourados (*Ouros*) da manhã. E, enquanto uma terminava se voltando para o sumo Zeus (*O Imperador*): "Ao poeta (*O Mago*) que aqui no Olimpo, já não mais cego, se senta entre os Imortais e alinha versos fora do tempo nos poemas temporais que outros poetas cantarão, dizei que esta é a única esmola (*Ás de Ouros*) que peço à boa vontade dos Celestiais (*Ás de Espadas*), que ele escreva no poema de meu destino: antes que Páris a traia, Helena se dará a Ulisses no próprio ventre do Cavalo de Troia (*Cavaleiro de Paus*)!", a outra não conhecerá uma sorte menos incerta ouvindo-se apostrofar pela esplêndida guerreira (*Rainha de Espadas*) que vinha a seu encontro à testa de um exército: "Rainha da noite, o homem que libertaste me pertence: prepara-te para o combate; a guerra contra as armadas do dia só acabará, entre as árvores do bosque, com o raiar da aurora!".

Ao mesmo tempo era preciso ter presente que a Paris ou a Troia assediada na carta *O Mundo*, e que era também uma cidade celeste na história do ladrão de túmulos, tornava-se cidade subterrânea na história de um indivíduo que se havia apresentado sob os traços vigorosos e joviais do *Rei de Paus*, e que havia chegado a nós depois de num bosque encantado se haver munido de um bordão com poderes extraordinários e haver seguido um cavaleiro desconhecido todo vestido de negro, que se gabava de suas riquezas (*Paus, Cavaleiro de Espadas, Ouros*). Numa altercação de hospedaria (*Copas*), o misterioso companheiro de viagem havia decidido pôr à prova o cetro da cidade (*Ás de Paus*). A luta a bordoadas tendo sido favorável ao nosso amigo, o Desconhecido lhe disse: "Eis-te senhor da Cidade da Morte. Saibas que venceste o Príncipe da Descontinuidade". E, tirando a máscara, revelou seu verdadeiro semblante (*A Morte*), ou seja, um crânio amarelo e achatado.

Fechada a Cidade da Morte, já ninguém podia morrer. Começou uma nova Idade do Ouro: os homens dissipavam-se em festins, cruzavam espadas em pelejas inócuas, atiravam-se indenes das mais altas torres (*Ouros, Copas, Espadas, Torre*). E os túmulos habitados por vivos exultantes (*O Juízo*) representavam cemitérios já agora inúteis onde os pândegos se reuniam para as suas orgias, sob o olhar aterrado dos anjos e de Deus. Tanto que uma advertência não demorou a ressoar: "Reabri as portas da Morte senão o mundo se tornará um deserto eriçado de estacas, uma montanha de frio metal!", e o nosso herói se ajoelhou aos pés do irado Pontífice, em sinal de obediência. (*Quatro de Paus, Oito de Ouros, O Papa*.)

— Aquele Papa era eu! — pareceu-nos exclamar um outro convidado que se apresentava sob as enganosas vestes do *Cavaleiro de Ouros* e que atirando com desdém o *Quatro de Ouros* talvez quisesse significar que havia abandonado os faustos da corte papal para levar a extrema-unção aos moribundos no campo de batalha.

*A Morte* seguida pelo *Dez de Espadas* representava então a vastidão de corpos esquartejados em meio aos quais vagueava o Pontífice desalentado, no início de uma história contada minuciosamente pelas mesmas cartas de tarô que já haviam ilustrado os amores de um guerreiro e de um cadáver, mas que lidas agora segundo um outro códice sugeriam pela sequência *Paus, Diabo, Dois de Ouros, Espadas* que o Papa, tentado pela dúvida à vista do massacre, tivesse ouvido a si mesmo perguntando: "Ó Deus, por que permitis tal coisa? Por que deixais que se percam tantas almas?", e que do bosque tivesse uma voz retorquido:

— Somos dois a dividir o mundo (*Dois de Ouros*) e as almas! Não cabe a Um só permitir ou não permitir! Tem sempre, pois, de acertar as contas comigo!

O *Valete de Espadas* no término da fileira precisava que a essa voz se havia feito seguir a aparição de um guerreiro de ares desdenhosos:

— Se reconheceres em mim o Príncipe das Oposições, farei reinar a paz no mundo (*Copas*) e iniciarei uma nova Idade do Ouro!

— Há muito que este signo recorda que o Outro

foi vencido pelo Um! — teria podido retorquir o Papa, opondo-lhe o *Dois de Paus* em cruz.

Ou então aquela carta podia indicar uma alternativa. "Dois são os caminhos. Escolhe", havia dito o Inimigo, mas no meio da encruzilhada apareceu a *Rainha de Espadas* (que já fora a maga Angélica, a bela alma condenada ou a amazona), a exclamar:

— Detende-vos! Vossa contenda não tem sentido. Sabei que sou a jubilosa Deusa da Destruição, que governa o desfazer-se e o refazer-se intérmino do mundo. No massacre geral, as cartas se embaralham continuamente, e as almas não têm melhor sorte que os corpos, os quais pelo menos desfrutam do repouso dos túmulos. Uma guerra sem fim agita o universo até às estrelas do Armamento e não poupa nem os espíritos nem os átomos. Na poeira dourada que paira no ar, quando na escuridão de um quarto penetra um raio de luz, Lucrécio vislumbrava batalhas de corpúsculos impalpáveis, invasões, assaltos, justas, turbilhões... (*Espadas, Estrela, Ouros, Espadas*).

Sem dúvida a minha história também estaria contida naquele entrelaçar de cartas, passado presente futuro, mas não sei mais distingui-la das outras. A floresta, o castelo, as cartas do tarô me conduziram a esta barreira: perder a minha história, confundi-la na poeira das outras, libertar-me dela. O que sobrou de mim foi apenas essa obstinação maníaca de completar, de encerrar, de dar vida aos relatos. Falta-me ainda percorrer de novo dois lados do quadrado em sentido oposto, e só o faço por capricho, para não deixar as coisas pelo meio.

O castelão-hospedeiro que nos acolhe não pode tardar em nos contar a sua história. Façamos de conta que seja o *Valete de Copas* e que um insólito aventureiro (*O Diabo*) se tenha apresentado ao seu castelo-hospedaria. Com certos hóspedes é boa norma jamais oferecer uma bebida grátis, mas, solicitado a pagar:

— Hospedeiro, na tua taverna tudo se confunde, os vinhos e os destinos... — havia dito o Freguês.

■ *ITALO CALVINO*

— Vossência não ficou satisfeito com o meu vinho?
— Satisfeitíssimo! Sou a única pessoa que sabe apreciar tudo o que é entrecruzado e bifronte. Eis por que te quero dar mais que *Dois de Ouros*!

Neste ponto, *A Estrela*, Arcano Número Dezessete, representava não mais Psique, nem a esposa saída do túmulo, nem um astro do firmamento, mas somente a criada que tinha mandado receber a conta e que voltava com as mãos faiscantes de moedas jamais vistas, gritando:

— Vejam o que fez aquele senhor! Emborcou uma das *Copas* sobre a mesa e dela fez brotar um rio de *Ouros*.

— Que magia é essa? — exclamara o taverneiro-castelão.

O cliente já estava no umbral da porta.

— Em meio às tuas copas há uma agora que parece igual às outras, mas na verdade é mágica. Faz dessa dádiva um uso que seja de meu agrado, pois do contrário, se como amigo me conheceste, será como inimigo que voltarei a ver-te! — disse, e desapareceu.

Pensa que pensa, o castelão resolveu disfarçar-se de ilusionista e seguir para a capital, a fim de conquistar o poder exibindo suas moedas sonantes. Assim é que *O Mago* (que tínhamos visto como um Mefistófeles ou um poeta) passou a hospedeiro-charlatão que sonhava tornar-se *Imperador* com os jogos de prestidigitação de suas *Copas*, e a *Roda da Fortuna* (já não Moinho de Ouro nem Olimpo nem Mundo da Lua) representava sua intenção de pôr o mundo de pernas para o ar.

Pôs-se a caminho. Mas no bosque... Neste ponto impunha-se interpretar novamente o arcano da *Papisa* como sendo uma Grã-Sacerdotisa celebrando no bosque uma dança ritual e que havia dito ao viandante: "Restitui às Bacantes a copa sagrada que nos roubaram!". E assim se explica igualmente a jovem descalça e rorejada de vinho chamada no tarô de *A Temperança*, bem como a elaborada feitura do cálice-altar que assumia o lugar do *Ás de Copas*.

*O CASTELO DOS DESTINOS CRUZADOS* ■

Ao mesmo tempo, a mulher corpulenta que nos dava de beber, fosse ativa hospedeira ou castelã solícita, também havia começado o seu relato com as três cartas: *Rainha de Paus*, *Oito de Espadas*, *Papisa*, e fomos levados a ver *A Papisa* também como Abadessa de um convento, a quem a nossa narradora, então jovem noviça, havia dito, para vencer o temor que a proximidade de uma guerra fazia reinar entre as religiosas:

— Deixai-me desafiar em duelo (*Dois de Espadas*) o chefe dos invasores!

A noviça era na verdade exímia espadachim — como *A Justiça* de novo o revelava — e ao raiar da aurora no campo de batalha sua figura majestosa fez aparição tão fulgurante (*O Sol*) que o príncipe desafiado para o duelo (*Cavaleiro de Espadas*) dela se enamorou. O banquete de núpcias (*Copas*) foi celebrado no palácio dos genitores do esposo (*Imperatriz* e *Rei de Ouros*), cujos semblantes exprimiam total desconfiança para com aquela nora desmesurada. Mal o esposo teve novamente de partir (o afastar-se do *Cavaleiro de Copas*), os sogros cruéis pagaram (*Ouros*) um sicário, para levar a esposa ao bosque (*Paus*) e lá matá-la. Eis então que o energúmeno (*A Força*) e *O Enforcado* revelam ser a mesma pessoa; e assim o sicário, que se lançara contra a nossa leoa para matá-la, aparece pouco depois amarrado de cabeça para baixo, dominado pela robusta lutadora.

Escapando ao atentado, a heroína ocultou-se sob as vestes de uma estalajadeira ou criada de castelo, tal qual ora a víamos tanto em pessoa quanto no arcano da *Temperança* a servir um vinho muito puro (como o garantiam os motivos báquicos do *Ás de Copas*). Ei-la neste momento preparando uma mesa para dois, à espera do regresso do esposo, atenta a todo movimento das árvores do bosque, a cada tirar de cartas do baralho de tarô, a cada lance teatral desse enredo de relatos, até chegarmos ao final do jogo. Então suas mãos embaralham as cartas, recolhem-nas no maço e recomeçamos tudo do princípio.

69

# A TAVERNA DOS DESTINOS CRUZADOS

*A TAVERNA*

Vamos sair fora dessa escuridão, ou melhor, entremos, lá fora é que está escuro, aqui ainda se vê alguma coisa apesar da fumaça, pois a luz das velas é fumarenta, mas pelo menos se veem os tons, amarelos, azuis, sobre o branco, sobre a toalha, manchas coloridas, vermelhas, mesmo verdes, com contornos negros, desenhos sobre retângulos brancos espalhados sobre a mesa. Há *paus*, ramos retesos, troncos, folhas, como a princípio havia lá fora, *espadas* que desfecham sobre nós golpes cortantes, do meio das folhagens, as emboscadas na escuridão onde estávamos perdidos, mas por sorte no fim tínhamos visto uma luz, uma porta, há *ouros* que brilham, e *copas*, essas mesas de banquete com cálices e pratos, tigelas cheias de sopa fumegante, jarros de vinho, estamos a salvo mas ainda meio mortos pelo medo, podemos contar, temos o que contar, cada qual gostaria de contar aos demais o que lhe havia sucedido, o que lhe havia tocado ver, com seus próprios olhos na escuridão, no silêncio, mas aqui agora há rumor, como farei para que me ouçam, não consigo ouvir a minha voz, a voz não me sai pela garganta, não tenho voz, não ouço nem mesmo as vozes dos outros, mas ouvem-se os rumores, logo não estou surdo, ouço o raspar das colheres nas tigelas, o destapar dos frascos, o tamborilar dos talheres, o mastigar, o arrotar, faço gestos para dizer que perdi o uso da palavra, também os demais estão fazendo os mes-

■ *ITALO CALVINO*

mos gestos, estão mudos, perdemos todos a voz, no bosque, todos quantos estamos diante desta mesa, homens e mulheres, bem vestidos ou mal vestidos, apavorados, até pavorosos de se ver, todos com os cabelos brancos, jovens e anciãos, e quando me contemplo num desses espelhos, numa dessas cartas, também eu tenho os cabelos brancos e também me apavoro.

Como faço agora para contar que perdi a palavra, as palavras, talvez mesmo a memória, como faço para recordar o que eu era lá fora, e, depois de me haver recordado, como faço para encontrar as palavras que possam exprimir tudo isto; e as palavras, como faço para pronunciá-las, estamos todos procurando fazer com que os demais entendam alguma coisa por meio de gestos, com caretas, todos iguais a macacos. Ainda bem que há estas cartas, aqui sobre a mesa, um baralho de tarô, daqueles mais comuns, dos marselheses, como o chamam, também conhecidos por bergamascos, ou ainda napolitanos, piemonteses, chamai-os como quiserdes, se não são os mesmos pelo menos se assemelham, que há nas hospedarias das estradas, nos acampamentos de ciganos, desenhos de linhas marcadas, grosseiras, porém com detalhes que não poderíamos esperar, e que até não se compreendem muito bem, como se a pessoa que entalhou essas gravuras para estampá-las, as tivesse decalcado, com suas rudes mãos, de modelos complicados, de um trabalho muito fino, sabe-se lá executado com que requintes de arte, e ele tivesse metido a goiva a mais não poder, de qualquer maneira, como se nem compreendesse o que estava copiando, e depois tivesse untado a madeira com tinta, e pronto.

Todas as nossas mãos correram juntas para elas, as cartas, e uma das figuras postas em fila com tantas outras me traz à memória a história que me trouxe aqui, procuro reconhecer o que me aconteceu para mostrá-lo aos outros que, no entanto, também procuram reconhecer-se nas cartas, e me mostram com o dedo uma figura ou outra, e nada se conjuga e arrancamos as cartas das mãos uns dos outros e as espalhamos de novo sobre a mesa.

*HISTÓRIA DO INDECISO*

Um de nós escolhe uma carta, tira-a do baralho, põe-se a olhar para ela como se se olhasse num espelho. E, de fato, o *Cavaleiro de Copas* se parece inteiramente com o próprio. Não é só na face, ansiosa, de olhos esbugalhados, os longos cabelos, agora embranquecidos, a lhe caírem pelos ombros, que se nota a semelhança, mas bem assim nas mãos que ele esconde sob a mesa como se não soubesse onde metê-las, e que lá na figura seguram, a direita, uma taça grande demais equilibrada sobre a palma e, a esquerda, as rédeas que toca apenas com a ponta dos dedos. Esse ar de inquietação comunica-se até mesmo ao cavalo: dir-se-ia que não chega a apoiar os cascos com força sobre o solo revolvido.

De posse daquela carta, o jovem, em todas as outras cartas que lhe vêm às mãos, parece reconhecer um sentido especial, e as vai pondo em fila sobre a mesa, como se seguisse um fio de uma para outra. A tristeza que se lê em sua face quando baixa, juntamente com um *Oito de Copas* e um *Dez de Paus*, o Arcano que, segundo o lugar, chamam de *O Amor*, ou *O Amoroso* ou *Os Amantes*, faz pensar nalguma pena amorosa que o tenha levado a se erguer de um caloroso banquete para ir se espairecer no bosque. Ou desertar sem mais a festa de suas próprias bodas, para se fazer um pássaro dos bosques no dia de seu casamento.

Talvez haja duas mulheres em sua vida, e ele não saiba como escolher. É assim de fato que o desenho o representa: de cabelos louros ainda, entre as duas rivais, uma que o agarra pelo ombro fitando-o com um olhar possessivo, outra que o acaricia com um movimento lânguido de todo o seu corpo, enquanto ele não sabe para que lado pender. Cada vez que está para decidir qual das duas lhe convém como esposa, convence-se de que pode perfeitamente renunciar a uma, e assim se resigna a perder esta toda vez que admite preferir aquela. O único ponto fixo desse vaivém de decisões é que pode passar tanto sem uma quanto sem a outra, pois cada escolha sua tem um revés, ou seja, implica uma renúncia, de modo que não há diferença entre o ato de escolher e o ato de renunciar.

Somente uma viagem poderia tirá-lo desse impasse; a carta de tarô que o jovem agora depõe sobre a mesa será decerto *O Carro*: os dois cavalos puxam o pomposo veículo pelas acidentadas vias do bosque, com as rédeas caídas, tal é seu hábito de deixar as coisas seguirem, de modo que quando chegar a uma encruzilhada não será ele a escolher o caminho. O *Dois de Paus* assinala o cruzar de duas estradas; os cavalos se põem a puxar cada um para um lado; as rodas estão desenhadas de modo tão divergente que parecem perpendiculares ao caminho, sinal de que o carro está parado. Ou melhor, se se move, é como se estivesse parado, tal como acontece com muitos indivíduos diante dos quais se abrem as perspectivas das estradas mais lisas e mais rápidas, que passam por cima dos vales sobre pilastras altíssimas e transpõem o granito das montanhas, e que por isso poderiam ir a todo lado, e todo lado seria igual. Assim o vemos ali estampado com seu ar falsamente decidido e senhor de si na pose de um triunfante condutor de veículos; mas trazendo por dentro seu ânimo indeciso, como as duas máscaras de olhares opostos que tinha sob o manto.

Para decidir que caminho tomar só tirando a sorte: o *Valete de Ouros* representa o jovem atirando para o ar uma moeda — cara ou coroa? Talvez nem uma nem outra, pois a moeda rola rola e vai ficar de quina junto a uma moita, nas raízes de um velho carvalho bem no meio das duas estradas. Com o *Ás de Paus* o jovem quer decerto contar-nos que, não sabendo decidir se prosseguia por uma parte ou por outra, não lhe restou outro meio senão descer do carro e subir por aquele tronco nodoso, pelos galhos que com suas constantes bifurcações continuavam a impor-lhe o tormento da escolha.

Pelo menos espera que passando de um galho a outro poderá distinguir mais ao longe, compreender para onde as estradas conduzem; mas a folhagem por cima de sua cabeça é cerrada, já quase perde a vista do terreno, e quando ergue o olhar para o alto da árvore *O Sol* o ofusca, com raios pungentes que fazem as folhas brilharem com todas as cores à contraluz. Seria preciso ainda explicar o que representam aqueles dois meninos que aparecem na carta: querem dizer que olhando para o alto o jovem se deu conta de que não estava sozinho na árvore — dois garotos o haviam precedido e grimpavam pelos ramos.

Parecem gêmeos: iguais idênticos, descalços, muito louros. Talvez neste ponto o jovem tenha falado, tenha perguntado: "Que fazem aí, vocês dois?", ou ainda: "Falta muito para chegar à copa?" — E os gêmeos lhe teriam respondido apontando-lhe numa gesticulação confusa algo que se vê no horizonte do desenho, sob os raios do sol, os muros de uma cidade.

Mas onde estão situados, em relação à árvore, os muros dessa cidade? O *Ás de Copas* representa de fato uma cidade de muitas torres e obeliscos e minaretes e cúpulas que se erguem acima dos muros. E ainda palmas de tamareiras, asas de faisões, barbatanas azuis de peixes-lua, que decerto saíam dos jardins, dos viveiros e dos aquários da cidade, em meio aos quais podíamos imaginar os dois meninos, que correm um atrás do outro e depois desaparecem. E essa cidade parece equilibrar-se sobre uma pirâmide, que também poderia ser a copa da grande árvore, ou seja, tratar-se-ia de uma cidade suspensa nos ramos mais altos como um

ninho de pássaro, com suas fundações dependuradas como raízes aéreas de certas plantas que crescem por cima de outras.

As mãos do jovem ao pousar as cartas são cada vez mais lentas e incertas e nós tínhamos por onde imitá-lo com nossas conjecturas, ruminando em silêncio as perguntas que certamente lhe teriam passado pela cabeça, como agora acontecia conosco: "Que cidade é essa? Será a Cidade do Tudo? A cidade em que todas as partes se conjugam, as escolhas se contrabalançam, onde se enche o vazio que existe sempre entre o que se espera da vida e aquilo que nos toca?".

Mas a quem, na cidade, poderia o jovem perguntar? Imaginemos que passando por uma porta em arco penetrasse no recinto das muralhas, e encontrasse uma praça com uma alta escadaria ao fundo, no alto da qual estivesse sentado um personagem com atributos reais, uma divindade num trono ou um anjo coroado. (Por trás dos ombros veem-se-lhes duas proeminências que poderiam ser o espaldar do trono, ou bem um par de asas, mal reproduzidas no desenho.)

— Esta é a vossa cidade? — teria perguntado o jovem.

— Não, a tua — melhor resposta não teria podido esperar —, pois aqui terás o que pedires.

Imaginem se ele, tomado de surpresa, seria capaz de exprimir um desejo sensato! Suando pelo esforço de ter subido até o alto, teria apenas dito: "Tenho sede!".

E o anjo no trono: "Só tens de escolher de que poço queres beber", indicando-lhe dois poços iguais que se abrem na praça deserta.

Basta olhar-se para o jovem para compreender que ele se sente novamente perdido. A potência coroada agora brande uma balança e uma espada, atributos do anjo que vela sobre as decisões e os equilíbrios, do alto da constelação da Libra. Será, pois, que também na Cidade do Tudo só se é admitido por meio de uma escolha e uma recusa, aceitando uma parte e renunciando ao resto? Tanto faz que se vá do modo como veio; mas ao dar meia-volta vê duas *Rainhas* que se mostram em dois balcões, um de frente para o outro, de cada lado da praça. E eis que lhe parece reconhecer nelas as duas mulheres de sua primeira escolha frustrada. Parece que estão ali de guarda, para não deixá-lo sair da cidade, tanto é verdade que cada uma delas empunha uma espada desembainhada, uma com a mão direita, a outra — decerto por simetria — com a esquerda. Ou melhor, se quanto à espada de uma delas não havia dúvidas, a da outra bem podia ser uma pena de ganso, um compasso fechado, uma flauta, um corta-papel, e dessa forma as duas mulheres estavam a indicar dois caminhos distintos que se abrem para quem ainda está à procura de si mesmo: o caminho das paixões, que é sempre uma via de fato, agressiva, de cortes nítidos, e o caminho da sabedoria, que requer reflexão e um lento aprendizado.

Para dispor e indicar as cartas, as mãos do jovem ora procedem por oscilações ou movimentos bruscos nas sequências, ora se contorcem como que "chorando" cada carta já jogada que mais valia conservar para outro jogo, ora se deixam ir em gestos de mole indiferença, como a significar que tanto a carta quanto o poço são iguais como as *copas* que se repetem idênticas no jogo, como no mundo das coisas uniformes os objetos e os destinos que se escancaram diante de nós, intercambiáveis e imutáveis, e quem pensa que decide não passa de um iludido.

Como explicar que para a sede que tem no corpo não lhe basta nem um poço nem outro? É a cisterna em que desembocam todas as águas de todos os poços e de todos os rios que ele quer, o mar, tal como representado no Arcano dito da *Estrela* ou das *Estrelas*, em que se celebram as origens aquáticas da vida como triunfo de todas as misturas e de todos os supérfluos que se deitam ao mar. Uma deusa desnuda toma duas ânforas que contêm não se sabe que sucos para o refrigério daqueles que têm sede (em seu redor estão as dunas amarelas de um deserto ensolarado), e as despeja para irrigar as ribas ensaibradas: e

*83*

naquele instante uma vegetação de saxífragas brota em meio do deserto, e entre as férteis frondes canta um melro, a vida é dissipação de materiais que se deterioram, o caldeirão de mar não faz senão repetir o que se passa com as constelações que continuam por milhares de anos a esmagar os átomos nos almofarizes de suas explosões, daqui visíveis mesmo num céu da cor do leite.

Pela maneira com que o jovem rebate essa carta sobre a mesa é como se o ouvíssemos gritar:

— É o mar, é o mar que eu quero!

— E o mar terás! — A resposta da potência astral só podia prenunciar um cataclismo, e o transbordar dos oceanos sobre as cidades abandonadas, a lamberem as patas dos lobos refugiados nas partes mais altas ululando para a *Lua* ameaçadora, enquanto um exército de crustáceos avança dos fundos abissais para reconquistar o globo.

Um raio que vem cair sobre a copa da árvore, derrubando as muralhas e a *torre* da cidade suspensa, ilumina uma vista ainda mais horripilante, para a qual o jovem nos prepara descobrindo uma carta com gestos lentos e olhos aterrados. Erguendo-se de pé sobre o trono, o interlocutor real mudou tanto que está irreconhecível: por trás de seus ombros não é uma plumagem angélica que se abre, mas duas asas de morcego que obscurecem o céu, os olhos impassíveis se tornaram estrábicos, a coroa eriçou-se de cornos, o manto caiu deixando ver um corpo nu de hermafrodita, com mãos e pés prolongados em artelhos.

— Mas não éreis um anjo?

— Sou o anjo que habita no ponto em que as linhas se bifurcam. Todo aquele que remonte às coisas divisas me encontra, todo aquele que desça ao fundo das contradições esbarra comigo, quem quer misturar o que estava separado recebe sobre a face minha asa membranosa!

A seus pés reaparecem os gêmeos solares, transformados em duas criaturas de traços ao mesmo tempo humanos e animalescos, com chifres caudas penas cascos escamas, ligados ao grífico personagem por dois longos filamentos ou cordões umbilicais, e é provável que do mesmo modo cada um deles tenha atrelados a si outros dois diabretes menores que ficaram fora do desenho, e assim de ramo em ramo se estende uma rede de filamentos que o vento faz balouçar como uma grande teia de aranha, entre um esvoaçar de asas negras de grandeza decrescente: corujas, mochos, poupas, falenas, vespas e mosquitos.

O vento ou as ondas? As linhas tracejadas ao fundo da carta poderiam indicar que a grande maré já está submergindo a copa da árvore e toda a vegetação se desfaz num ondular de algas e tentáculos. Eis como foi atendida a escolha do homem que não sabia escolher: sim, o mar, ele agora o tem, pois nele afunda de cabeça para baixo, balançando entre os corais do abismo, *Enforcado* pelos pés entre sargaços que flutuam à meia água sob a superfície opaca do oceano, e varre as profundezas íngremes com seus cabelos que escorrem verdejantes de algas marinhas. (Então seria mesmo esta a carta na qual Madame Sosóstris, vidente famosa mas de nomenclatura pouco precisa, ao adivinhar os destinos privados e gerais de um emérito funcionário da Lloyd's, teria reconhecido um marinheiro fenício afogado?)

Se a única coisa que queria era fugir da limitação individual, das categorias, das listas, sentir o surdo trovejar das moléculas, o mesclar-se das substâncias primárias e últimas, eis que o caminho se abre para ele com o Arcano dito *O Mundo*. Vênus dança coroada num céu de vegetações, circundada pelas encarnações de Zeus multiforme; cada espécie e indivíduo e toda a história do gênero humano não passam de um elo casual na cadeia de mutações e evoluções.

Só lhe falta levar a termo o grande ciclo da *Roda* na qual a vida vegetal se evolve e da qual já não se pode dizer onde é o alto e onde é o baixo, ou o ciclo ainda mais demorado que passa pela decomposição, a descida ao centro da terra na fundição dos elementos, a espera dos cataclismos que reembaralham as

cartas do tarô e trazem à luz os estratos sepultos, como no Arcano do terremoto final.

Tremor de mãos, encanecimento precoce eram traços bem leves do quanto o nosso desventurado comensal havia passado: numa mesma noite havia sido esmiuçado (*espadas*) em seus elementos primários, passara através das crateras de vulcões (*copas*) por todas as eras da terra, arriscara ficar prisioneiro na imobilidade definitiva dos cristais (*ouros*), retornara à vida na lancinante floração do bosque (*paus*), até retomar sua forma e identidade humana na sela do *Cavaleiro de Ouros*.

Mas será de fato ele e não antes um sósia que, mal se viu restituído a si mesmo, se põe a avançar pelo bosque?

— Quem és?

— Sou o homem que devia esposar a jovem que não havias escolhido, que devia seguir pelo outro caminho da encruzilhada, dessedentar-se no outro poço. Por não teres escolhido, impediste minha escolha.

— Para onde segues?

— Para outra hospedaria diferente daquela que encontrarás.

— E onde te encontrarei?

— Enforcado noutra forca que não aquela em que serás enforcado. Adeus.

*HISTÓRIA DA FLORESTA
QUE SE VINGA*

O fio da história se complica não só porque é difícil combinar uma carta com outra mas também porque, a cada nova carta que o jovem procura colocar em fila com as demais, há dez mãos que avançam para tomá-la dele e metê-la na outra história que cada um está formando para si, e chega um certo ponto em que as cartas lhe escapam por todos os lados e ele precisa segurá-las com mãos firmes, com os antebraços, os cotovelos, e acaba por escondê-las até mesmo daqueles que procuram entender a história que ele está contando. Por sorte, entre todas aquelas mãos que avançam há um par que vem em seu auxílio para manter as cartas em fila, e como se trata de mãos que em tamanho e peso valem por três, e de pulsos e braços que guardam em grossura a mesma proporção, daí a força e a decisão com que se abatem sobre a mesa, acaba acontecendo que as cartas que o jovem indeciso consegue manter guardadas são precisamente aquelas que ficaram sob a proteção das manoplas desconhecidas, proteção que não se explica tanto como um interesse pela história das indecisões do jovem, mas antes como o de um hóspede que na colocação casual de algumas dessas cartas tivesse reconhecido uma história que lhe falasse mais de perto, ou seja, a sua própria.

Um hóspede, ou uma hóspede: porque, dimensões à parte, a forma desses dedos, mãos, pulsos e

braços é precisamente aquela que caracteriza os dedos, mãos, pulsos e braços femininos, de uma jovem bem torneada e rechonchuda, e de fato subindo os olhos por esses membros percorre-se a pessoa de uma gigantesca senhorita que havia pouco estava sentada junto a nós muito quietinha, e de repente, vencido o acanhamento, pôs-se a gesticular dando cotoveladas no estômago dos vizinhos e fazendo-os saltar para fora do banco.

Nossos olhares se erguem para a sua face que se ruboriza — por timidez ou cólera —, para depois baixarem sobre a figura da *Rainha de Paus* que se parece bastante com ela, nos seus duros traços campestres, emoldurados por viçosos cabelos encanecidos, e no seu comportamento rude. Apontou para aquela carta com um dedão que mais parecia um punho sobre a mesa, e o ganido que lhe saiu dos lábios amuados era como se quisesse dizer:

— Sim, sou eu mesma, essa aí, e esses *paus* cerrados são a floresta na qual fui criada por um pai que, nada esperando de bom do mundo dos homens, se fizera *Eremita* nesses bosques, para manter-me afastada da influência perniciosa do convívio humano. Adquiri minha *Força* exercitando-me com os javalis e os lobos, e aprendi que a floresta, embora vivendo do dilacerar-se e do entredevorar contínuo dos animais e das plantas, é regulada por uma lei: a força que não sabe se deter a tempo, bisão ou homem ou condor, cria em torno o deserto e aí deixa o couro, que servirá de pasto às formigas e moscas...

Essa lei, que os antigos caçadores conheciam bem, mas que hoje já ninguém recorda, podemo-la decifrar no gesto inexorável mas controlado com que a bela domadora abre com a ponta dos dedos as fauces de um leão.

Tendo crescido na familiaridade de animais selvagens, tornara-se selvagem em presença das pessoas. Quando ouve o trote de um cavalo e pelo bosque vê passar um belo *Cavaleiro*, espreita-o por detrás das moitas, depois foge intimidada, mas corta por atalhos a fim de não o perder de vista. Eis que volta a encontrá-lo de cabeça para baixo (*O Enforcado*), pendurado em uma árvore por um salteador de passagem, que o despojou de todos os seus haveres. A silvestre mocetona não perde tempo em pensar: avança contra o bandido empunhando uma clava e ossos tendões articulações e cartilagens voam pelos ares como ramos secos. Neste ponto devemos supor que ela tenha desprendido o belo jovem da árvore e o tenha reanimado à maneira dos leões, lambendo-lhe o rosto. De um cantil que traz a tiracolo despeja em duas taças (*Dois de Copas*) uma bebida cuja receita só ela conhece: algo como sumo de zimbro fermentado e leite azedo de cabra. O cavaleiro se apresenta: "Sou o príncipe herdeiro do Império, filho único de Sua Majestade. Salvaste-me a vida. Dize como posso recompensar-te".

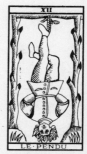

E ela: "Fica mais um pouco para brincarmos juntos", e se esconde por trás dos arbustos. A bebida era um potente afrodisíaco. Ele a persegue. Solerte, a narradora queria fazer passar aos nossos olhos o Arcano *O Mundo* como um signo de pundonor: "...Nessa brincadeira, lá se foi a minha virgindade...", mas o desenho mostra sem reticências como a sua nudez se revelou ao jovem, transfigurada numa dança amorosa, e como a cada volúteio dessa dança ele ia descobrindo nela uma nova virtude — forte como uma leoa, altiva como a águia, materna como uma vaca, suave como um anjo.

A sedução do príncipe é confirmada pela carta seguinte, *O Amor*, que, contudo, serve de advertência contra uma situação embaraçante: acontece que o jovem é casado, e sua legítima esposa não tinha a menor intenção de deixá-lo escapar.

Os entraves legais pouco sentido fazem na floresta: fica comigo e esquece a corte, suas etiquetas e intrigas. — Essa proposta ou outra igualmente sensata lhe deve ter feito a moça, sem levar em conta que os príncipes podem ter os seus princípios.

Só *O Papa* tem poderes para eximir-me do primeiro matrimônio. Esperas-me aqui, eu vou, resolvo

rápido o assunto e volto. — E subindo no *Carro* parte sem sequer voltar-se, deixando-lhe apenas uma modesta provisão (*Três de Ouros*).

Abandonada, num breve giro das *Estrelas*, sente-se tomada de dores. Arrasta-se para a ria de um rio. As feras do bosque sabem parir sem ter ajuda, e ela aprendeu com as feras. Dá à luz do *Sol* dois gêmeos tão robustos que já nasceram em pé.

— Junto com meus filhos irei pedir, *Justiça* apresentando-me ao *Imperador* em pessoa, que em mim reconhecerá a verdadeira esposa de seu herdeiro e a genitora de seus descendentes. — E com essa intenção põe-se a caminho para a capital.

Caminha e caminha e nada de a floresta acabar. Encontra um homem que foge como um *Louco*, perseguido pelos lobos.

— Onde pensas que vais, infeliz? Não existe mais nem cidade nem império! Os caminhos já não levam de nenhum lugar a lugar algum! Olha!

Um mato ralo e poeirento e a areia do deserto cobrem o asfalto e as calçadas da cidade, nas dunas ululam os chacais, nos palácios abandonados sob a *Lua* as janelas se abrem como órbitas vazias, os sótãos e as adegas transbordam de ratos e escorpiões.

A cidade, no entanto, não morreu: as máquinas os motores as turbinas continuam a roncar e a vibrar, cada *Roda* engrenando seus dentes em outras rodas, os vagões correndo sobre os trilhos e ao longo dos fios os sinais telegráficos — e homem algum ali para recebê-los ou transmiti-los, para receber a carga ou despachá-la. As máquinas que já havia algum tempo sabiam poder passar sem os homens, finalmente os expulsaram; e após um longo exílio os animais da selva voltaram a ocupar os territórios arrancados à floresta: as raposas e as martas passeiam as fofas caudas sobre os painéis de comando constelados de manômetros e alavancas, quadrantes e diagramas; texugos e esquilos se aquecem sobre acumuladores e magnetos. O homem tinha sido necessário; agora era inútil. Para que o mundo receba informações do mundo e se alegre com elas bastam agora os computadores e as borboletas.

Assim termina a vingança das forças terrestres desencadeadas em explosões em cadeia de trombas-d'água e de tufões. Agora os pássaros, já dados por extintos, se multiplicam e baixam em bando sobre os quatro pontos cardeais com um estrídulo ensurdecedor. Quando o gênero humano refugiado em grutas subterrâneas tenta voltar à superfície, vê o céu escurecido por uma densa colcha de asas. Reconhecem o dia do *Juízo* como representado nos tarôs. E com uma outra carta, sabem que vai se realizar a profecia: um dia virá em que uma pluma porá abaixo a torre de Nemrod.

# HISTÓRIA DO GUERREIRO
## SOBREVIVENTE

Ainda que a narradora seja alguém que saiba o que quer, isso não significa que se possa seguir melhor sua história que a anterior. Porque as cartas escondem muito mais coisas do que revelam, e basta uma delas dizer um pouco mais que as outras para que logo várias mãos tentem arrebatá-la e encaixá-la noutra história. Uma pessoa começa a compor para si própria, com cartas que julga só a ela pertencerem, e de repente a solução se precipita acavalando-se com as cartas de outras histórias através das mesmas figuras catastróficas.

Eis, por exemplo, este aqui que tem todo o tipo de um oficial em serviço, e começa reconhecendo-se no *Cavaleiro de Paus*, chegando mesmo a fazer a carta circular entre nós, para que se veja o belo cavalo ajaezado que montava aquela manhã, quando partiu da caserna, e o elegante uniforme que envergava, guarnecido de luzentes plastrões de couraça, com uma gardênia na fivela das grevas. Seu verdadeiro aspecto — parece dizer — era aquele, e, se agora o vemos mal vestido e malparado, isso se deve à pavorosa aventura que se propõe nos contar.

Mas, reparando bem, aquele retrato contém igualmente elementos que correspondem ao seu aspecto atual: os cabelos brancos, o olhar perdido, a lança partida e reduzida a um toco. A menos que se tratasse não de um pedaço de lança (tanto que a sustinha com

a esquerda) mas de uma folha de pergaminho enrolada, uma mensagem que fora incumbido de entregar, talvez atravessando as linhas inimigas. Suponhamos que seja um oficial de ordenança, e tenha recebido ordem de se reunir ao quartel-general de seu soberano ou comandante, e depositar-lhe em mãos um despacho do qual dependa o sucesso da batalha.

Enfurece o combate: o cavaleiro vai acabar em meio dele; a fio de espada os exércitos oponentes abrem caminho um através do outro como se vê no *Dez de Espadas*. Nas batalhas, dois são os modos recomendáveis de se bater: ou ficar no meio, e desferir golpes a torto e a direito, ou escolher entre todos os inimigos um inimigo adequado para trabalhá-lo à parte. Nosso oficial de ordenança viu avançar-lhe de encontro um *Cavaleiro de Espadas* que se destacava dos demais pela elegância de seu equipamento humano e equino: sua armadura, diversamente das outras que se veem em torno, compostas de peças desparelhadas, está completa até o último adminículo e mantém a mesma cor do elmo até os coxotes, um azul-pervinca, sobre o qual sobressaem o peitoral e as grevas douradas. Os pés calçam babuchas de damasco vermelho como a gualdrapa do cavalo. O rosto, embora transfigurado pelo suor e a poeira, mostra seus traços finos. Empunha o espadão com a esquerda, detalhe a não se desprezar: os canhotos são adversários temíveis. Mas também o nosso herói brande com a esquerda a sua maça, logo são ambos canhotos e temíveis, contendores dignos um do outro.

Os ferros (*Dois de Espadas*) entrecruzados em meio a um turbilhão de ramos landes folíolos e flores em botão indicam que os dois se afastaram para um duelo singular e com golpes fendentes e de través podam a vegetação circundante. A princípio o nosso herói teve a impressão de que o cavaleiro da pervinca tem o braço mais ágil que potente, e que basta atacá-lo com ímpeto para sobrepujá-lo, mas o outro lhe desfecha em cima uma chuva de sabraços a molde de cravá-lo na terra como um prego. Já os cavalos escoiceiam de cascos para o ar como tartarugas no terreno semeado de espadas retorcidas como serpes e ainda resiste o guerreiro da pervinca, forte como um cavalo, fugidio como a serpe, encarapaçado como a tartaruga. Quanto mais encarniçado se torna o duelo, mais cresce o alarde de bravura, o prazer de descobrir em si ou no inimigo novos recursos inesperados: e assim no corpo a corpo tumultuado vai se insinuando a graça de uma dança.

No calor do duelo, o nosso herói já se havia esquecido de sua missão, quando alto ressoa no bosque o som de uma trompa como a do Anjo do Juízo Final no Arcano dito do *Juízo* ou ainda do *Anjo*, é o olifante que dá o toque de alarma aos sequazes do *Imperador*. Sem dúvida um sério perigo ameaça o exército imperial: sem mais tardar o oficial deve correr em ajuda de seu soberano. Mas como pode interromper um duelo no qual tanto empenha a honra quanto o prazer? Deve levá-lo a termo o mais rápido possível: e trata de reaver a distância que seu inimigo havia conseguido no momento em que soou a trompa. Mas onde está o pervinca? Bastou aquele breve instante de perplexidade para que o adversário desaparecesse. O oficial precipita-se para o bosque a fim de atender o toque de alarme e ao mesmo tempo perseguir o fugitivo.

Abre uma brecha no intrincado do bosque, entre esporos e estrepes e espinhos. De uma carta a outra, o relato avança em saltos bruscos que se impõe de qualquer modo organizá-lo. O bosque termina de repente. O campo aberto estende-se em redor, silencioso; parece deserto nas sombras do crepúsculo. Observando-se melhor vê-se que está repleto de homens, uma turba em desordem que o reveste sem deixar nem um ângulo vago. Mas é uma turba encolhida, como que espalhada pela superfície do solo: nenhum desses homens está de pé, jazem estendidos sobre o ventre ou sobre o dorso, não conseguem erguer a cabeça acima das folhas da relva pisoteada.

Alguns que *A Morte* ainda não enrijeceu bracejam como se estivessem aprendendo a nadar no lodo negro de seu sangue. Aqui e ali aflora a mão de alguém, que

se abre e fecha, buscando o pulso do qual foi decepada, um pé tenta mover-se em passos lentos sem mais um corpo a suportar nos calcanhares, cabeças de pajens e monarcas agitam as longas comas que lhes caem sobre os olhos ou procuram endireitar a coroa enviesada sobre a calvície, mas não conseguem senão escavar a poeira com o queixo e mastigar o saibro.

— Que ruína se abateu sobre o exército imperial? — Essa pergunta o cavaleiro provavelmente dirigiu ao primeiro ser vivo que encontrou: alguém de tal forma imundo e esfarrapado que de longe parecia o *Louco* dos tarôs e, de perto, se revelava um soldado ferido e claudicante fugindo ao campo da carnificina.

No relato mudo do nosso oficial a voz desse sobrevivente soa desentoada e rouca na algaravia de um dialeto mal inteligível, em frases mutiladas do tipo: "Num teja a fazer presepadas, sô tenente! É pernas p'ra que ti quero! Que o caldo já se entornô! Num si sabe de que rai' de canto é qui saiu essa tropa, aqui tá um qui nunca viu, só si das prefundas dos inferno! Nem bem sentamos pé que esses demonhos caíro no lombo da gente e num áti tava tudo com a boca cheia de formiga! Taça as espora, sor oficial, e sai dessa ingrezia!". Já o peão se afasta deixando ver as vergonhas pelos rasgos das bragas, farejado pelos cães vagabundos como se um deles fosse pelo fedor que exala, arrastando consigo a trouxa do saqueio a que procedeu refuçando os bolsos dos cadáveres.

Mas isso não basta para dissuadir o nosso cavaleiro de seu propósito de avançar. Desviando-se do uivo dos chacais, perlustra os confins do campo de morte. À luz da *Lua* vê refletir-se, dependurados numa árvore, um escudo dourado e uma *Espada* de prata. Reconhece as armas de seu inimigo.

Da carta ao lado ouve-se um murmúrio de água. Uma torrente ali escorre sob os juncos. O guerreiro desconhecido está parado à margem e se despe da armadura. Nosso oficial não pode certamente atacá--lo nesse momento: esconde-se para esperá-lo no caminho, quando estiver novamente armado e em condições de defender-se.

Das peças da armadura despontam membros brancos e graciosos, do elmo uma cascata de cabelos escuros que se soltam e escorrem pelo dorso até o ponto em que este se recurva. Esse guerreiro tem pele de donzela, carne de dama, seio e colo de rainha: é uma mulher que, sob a luz das *Estrelas*, acocora-se junto ao regato para fazer suas abluções noturnas.

Como cada nova carta posta sobre a mesa explica ou corrige o sentido das cartas precedentes, assim também essa descoberta desfaz as paixões e os propósitos do cavaleiro: se nele a princípio a emulação a inveja o respeito cavaleiresco pelo valoroso adversário se confrontavam com a urgência que tinha de vencer vingar subjugar, agora a vergonha de ter sido posto em xeque pelo braço de uma jovem, a pressa em restabelecer a supremacia masculina vilipendiada se confrontam com a ansiedade de se dar logo por vencido, cativo desse braço, desse abraço, desse seio.

O primeiro desses novos impulsos é o mais forte: se as partes do homem e da mulher se misturaram, convém logo redistribuir as cartas, restaurar a ordem alterada fora da qual não se sabe mais quem é quem e o que se espera de alguém. Aquela espada não é um atributo feminil, é uma usurpação. O cavaleiro, que com um adversário de seu sexo jamais tiraria a vantagem de surpreendê-lo desarmado, e muito menos o furtaria às escondidas, ei-lo que se esgueira entre as moitas, aproxima-se das armas suspensas, com mão furtiva empunha a espada, arranca-a da árvore, e evade-se. "A guerra entre o homem e a mulher não conhece normas nem lealdade", pensa, e ainda não sabe quanto para a sua desventura a frase é verdadeira.

Está quase a desaparecer no bosque quando se sente agarrar pelos braços e as pernas, preso, suspenso, *Enforcado* de cabeça para baixo. De cada moita das margens surgiram banhistas nuas de longas pernas, como aquela que na carta do *Mundo* se lança por uma passagem em meio às frondes. É um regi-

mento de guerreiras gigantescas que passada a batalha enxameia ao longo da água para refrescar-se, aquecer-se ao sol e retemperar sua *Força* de leoas fulminantes. Num segundo caem-lhe todas em cima, agarram-no, derrubam-no, passam-no de mão em mão, beliscam-no, atiram-no para um lado e para outro, provam-no com os dedos as línguas as unhas os dentes, não, assim não, mas estão doidas, deixem disso, que estão fazendo comigo, não quero isso, chega, me machucam, ai ai ai por favor.

Deixado ali como morto, eis que lhe vem em socorro um *Eremita* que à luz de uma candeia percorre os sítios da batalha recompondo os despojos dos mortos e medicando as chagas dos mutilados. O discurso desse santo homem se pode depreender da última carta que o narrador pousa sobre a mesa com mão trêmula:

— Não sei se para ti foi melhor sobreviver, ó soldado. A derrota e a carnificina não se abatem apenas sobre a bandeira de tuas tropas: o exército das amazonas justiceiras destrói e massacra os regimentos e os impérios, estende-se sobre os continentes do globo submetidos há dois mil anos ao domínio no entanto frágil dos homens. Rompeu-se o precário armistício que impedia o confronto do homem e da mulher no seio das famílias: esposas irmãs filhas e mães já não reconhecem em nós pais irmãos filhos e esposos mas apenas o inimigo, e todas acorrem de armas em punho a engrossar as hostes do exército vingativo. As orgulhosas fortalezas de nosso sexo estão se derruindo uma a uma; não perdoam homem algum; aos que não matam, castram; só a uns poucos eleitos como zangões de colmeia é que concedem um adiamento, mas esperam-nos suplícios ainda mais atrozes para tirar-lhes o anseio de vanglória. Para o homem que se julgava o Homem não há salvação. Rainhas punidoras governarão os próximos milênios.

*HISTÓRIA DO REINO DOS VAMPIROS*

Um só entre nós parece não se apavorar nem mesmo com as cartas mais funestas, dir-se-ia até mesmo que mantém com o Arcano Número Treze uma certa familiaridade. E como se trata de um homenzarrão como esse que se vê na carta do *Valete de Paus*, e pela maneira como dispõe as cartas em fila parece ainda entregue ao seu duro labor cotidiano, atento à regularidade da distância entre os retângulos separados por estreitos carreiros, ocorre-nos naturalmente pensar que o lenho sobre o qual se apoia na figura seja o cabo de uma pá enterrada no chão e que ele exerça o ofício de coveiro.

Na luz incerta as cartas descrevem uma paisagem, noturna, as *Copas* se perfilam como urnas sepulcros túmulos entre as urtigas, as pás (*Espadas*) ressoam metálicas como enxadas e picaretas batendo contra as tampas de chumbo, os *Paus* negrejam como cruzes retorcidas, os *Ouros* reluzem como fogos-fátuos. Logo que uma nuvem ao passar descobre *A Lua*, ergue-se o ulular dos chacais que arranham furiosos a beira dos túmulos e disputam suas pútridas iguarias com os escorpiões e as tarântulas.

Nesse cenário noturno podemos imaginar um Rei que caminha perplexo acompanhado de seu bufão ou anão da corte (as cartas do *Rei de Espadas* e do *Louco* vêm mesmo a propósito), e supor um diálogo entre

*105*

■ *ITALO CALVINO*

eles, que o coveiro apanha no ar. Que estará procurando o Rei ali a essa hora? A carta da *Rainha de Copas* nos sugere que ele esteja seguindo as pegadas de sua mulher; o bufão viu-a sair às escondidas do palácio, e, um pouco por mofa um pouco a sério, convenceu o soberano de segui-la. Malicioso como é, o anão suspeita uma intriga de *Amor*; mas o Rei está seguro de que tudo quanto sua mulher está fazendo pode aparecer à luz do *Sol:* é a assistência à infância abandonada que a obriga a esses constantes vaivéns.

O Rei é otimista por vocação: em seu reino tudo vai da melhor forma, os *Ouros* circulam bem investidos, *Copas* de abundância são ofertadas à sede festiva da pródiga clientela, a *Roda* do grande mecanismo gira por si própria noite e dia, e existe uma *Justiça* rigorosa e racional como aquela que nessa carta tem o rosto firme de uma empregada no postigo. A cidade que construiu é facetada como um cristal ou como o *Ás de Copas*, bordada pela teia de aranha das janelas dos arranha-céus, com acesso para cima e para baixo pelos ascensores, autocoroada pelas autoestradas, não parca de parqueamentos, escavada pelo formigueiro luminoso das vias subterrâneas, uma cidade cujas cúspides obnubilam as nuvens e que sepulta as asas escuras de seus miasmas nas vísceras do solo para que não ofusquem a vista das grandes fachadas de vidro e o arremate cromado dos metais.

O bufão, ao contrário, cada vez que abre a boca, entre um escárnio e uma chacota, semeia suspeita, deboches denegridores, angústias e alarmes: para ele o grande mecanismo é movido por bestas infernais, e as asas negras que despontam sobre a copa-cidade indicam uma insídia que a ameaça por dentro. O Rei deve estar no jogo: não paga ao bufão precisamente para que este o contradiga e o moteje? Nas cortes é uma velha e sábia tradição que o Bobo ou Jogral ou Poeta tenha por função reverter os valores sobre os quais o soberano baseia seu próprio domínio, e zombar deles, e lhe demonstrar que toda linha reta oculta um desvio tortuoso, todo produto acabado um desconjuntar de peças que não se ajustam, todo discurso contínuo um blá-blá-blá. Todavia, há vezes em que esses chistes provocam no Rei uma vaga inquietação: essa também está decerto prevista, até mesmo garantida por contrato entre o Rei e seu Jogral, mas nem por isso deixa de ser um tanto inquietante, não só porque a única maneira de desfrutar uma inquietação é inquietando-se, mas principalmente porque ele se inquieta de verdade.

Com que então o Bobo conduziu o Rei a este bosque em que todos nos havíamos perdido.

— Não sabia que no meu reino ainda restavam florestas tão densas — deve ter observado o monarca —, e nesse ponto, com as coisas que falam a meu respeito, que impeço as folhas de respirar o oxigênio por seus poros e digerir a luz em suas seivas verdes, não tenho razão senão de alegrar-me.

E o Bobo:

— Fosse eu, Majestade, não me alegraria tanto. Não é longe da metrópole iluminada que a floresta estende as suas sombras, mas dentro dela: na cabeça de vossos súditos conscientes e produtivos.

— Queres insinuar que alguma coisa escapa ao meu controle, Bobo?

— É o que veremos.

De espesso que era, o bosque vai agora deixando espaço a aleias amontoadas de terra revolvida, a fossas retangulares, a um esbranquiçado como de cogumelos que aflorassem do solo. Com horror o Décimo Terceiro Tarô nos adverte que as raízes do bosque estão adubadas de cadáveres mal curtidos e de ossos descarnados.

— Mas onde me trouxeste, Louco? Isto aqui é um cemitério!

E o bufão, indicando a fauna invertebrada que pasta no interior dos túmulos:

— Aqui reina um soberano mais poderoso do que vós, Sua Majestade o Verme!

— Nunca vi nenhum lugar em todo o meu território onde a ordem mais deixe a desejar. Quem é o incompetente que foi nomeado para este ministério?

— Eu aqui, para servi-lo, Majestade. — E chega então o momento em que o coveiro entra em cena e descarrega a sua tirada: — Para afastar o pensamento da morte os cidadãos escondem os cadáveres aqui embaixo, de qualquer maneira. Mas depois, por mais que o afastem, acabam pensando melhor e voltam aqui para verificar se os mortos estão bem sepultos, se pelo fato de serem mortos são alguma coisa diferente dos vivos, pois de outra forma os vivos não estariam tão seguros de serem vivos, digo bem?, e assim, entre os sepultamentos e as exumações, há sempre um mexe, mexe e remexe, que para mim há sempre muito o que fazer! — E o coveiro cospe nas mãos e volta a cavar com a pá.

Nossa atenção se volta para uma outra carta que parece querer passar despercebida, *A Papisa*, e a indicamos ao nosso comensal com um gesto interrogativo que poderia corresponder a essa pergunta que o Rei faz ao coveiro, depois de perceber uma figura encapuchada num manto de freira, que está acocorada junto às tumbas:

— Quem é aquela velha que revolve os sepulcros?

— Deus me perdoe, mas aqui de noite passeia uma raça danada de mulheres — terá respondido o coveiro, persignando-se — conhecedoras de filtros e livros de magia, que vêm à procura de ingredientes para os seus malefícios.

— Sigamo-la, e estudemos o seu comportamento.

— Eu não, Majestade! — E o bufão àquela altura terá feito meia-volta sentindo um arrepio: — E vos conjuro a não vos meterdes nisso!

— Devo, no entanto, saber até que ponto no meu reino ainda se conservam superstições decrépitas! — Sobre o caráter obstinado do Rei podemos jurar: guiado pelo coveiro, vai em frente.

No Arcano dito *As Estrelas* vemos a mulher desfazer-se do manto e da coifa monacal. Não é velha de todo; é bela e está nua. Um clarão de Lua cintila com reflexos siderais e nos revela que a visitante noturna do cemitério se parece com a Rainha. De início é o Rei que reconhece o corpo da consorte, os seios pequenos em forma de pera, o dorso macio, as coxas generosas, o ventre amplo e oblongo; depois, mal ela ergue a fronte e deixa ver o rosto, emoldurado pela basta cabeleira solta sobre os ombros, também nós permanecemos de boca aberta: se não fosse pela expressão arrebatada que não é decerto aquela dos retratos oficiais, seria igual idêntica à Rainha.

— Como se permite que essas imundas feiticeiras assumam o aspecto de pessoas educadas e prestigiosas? — Essa e não outra será a reação do Rei que, para afastar qualquer suspeita de sua mulher, está pronto a emprestar às bruxas um certo número de poderes sobrenaturais, inclusive o de se transformarem a seu bel-prazer. Uma explicação alternativa que satisfaria melhor aos requisitos da verossimilhança ("Minha pobre mulher, em seu abatimento, até mesmo crises de sonambulismo lhe podem sobrevir!") seria logo descartada tendo em vista as laboriosas operações a que se dedica a pressuposta sonâmbula: ajoelhada à beira de um túmulo, unge o terreno com opacos filtros. (Se os apetrechos que tem à mão não puderem ser melhor interpretados como um maçarico oxídrico vomitando fagulhas, para dessoldar o chumbo de um caixão.)

Seja qual for o procedimento que se opera, o certo é que se trata da reabertura de um túmulo, cena que outra carta do tarô prevê para o dia do *Juízo* no fim dos tempos, e que era agora antecipado pelas mãos de uma frágil senhora. Com a ajuda de uma alavanca (*Dois de Paus*) e de uma corda, a feiticeira extrai da fossa um corpo suspenso pelos pés (*Enforcado*). Um morto de aspecto conservado; do crânio pálido pende uma vasta cabeleira de um negro quase azul; os olhos estão arregalados como sob o efeito de morte violenta, dos lábios contraídos despontam caninos longos e aguçados que a bruxa descobre com um gesto de carícia.

Em meio a tanto horror, um detalhe não nos passa

despercebido: assim como a feiticeira é uma sósia da Rainha, também o cadáver e o Rei se assemelham como duas gotas de água. A única pessoa que não o percebe é o próprio Rei, que deixa escapar uma exclamação comprometedora: "Bruxa... vampira... e adúltera!". Então admite que a feiticeira e sua mulher são a mesma pessoa? Ou talvez pense que assumindo os traços da Rainha a feiticeira deva respeitar igualmente as suas obrigações? Talvez que pudesse consolar-se sabendo-se traído por seu próprio Doppelgänger, mas ninguém tem a coragem de adverti-lo.

No fundo da cova está ocorrendo alguma coisa de indecente: a feiticeira inclinou-se sobre o cadáver como uma galinha no choco; eis que o morto se ergue como no *Ás de Paus*; como no *Valete de Copas* leva aos lábios um cálice que a feiticeira lhe oferece; como no *Dois de Copas* brindam juntos, erguendo os copos ressumantes de sangue fresco e sem coágulos.

— Meu reino asséptico e metálico é, pois, agora pasto de vampiros, seita imunda e feudal! — O grito do Rei deve ser desse teor, enquanto seus cabelos se eriçam mecha a mecha na cabeça, para tombarem depois encanecidos. A metrópole que ele sempre havia suposto compacta e transparente como uma taça talhada no cristal de rocha, revela-se porosa e gangrenada como uma rolha de cortiça enfiada de qualquer jeito para tapar uma brecha nos confins úmidos e infectos do reino dos mortos.

— Saiba — e essa explicação não pode vir senão do coveiro — que essa carocha nas noites de equinócio e de solstício vem ao túmulo do marido que ela própria assassinou, e aí o desenterra, lhe dá de novo a vida nutrindo-o com o sangue de suas próprias veias, depois se une a ele no grande sabá dos corpos que com sangue alheio alimentam suas artérias consumidas e assim rescaldam suas vergonhas polimorfas e perversas.

Desse rito ímpio os tarôs apresentam duas versões, tão díspares que parecem obras de mãos diversas: uma grosseira, que se esforça por representar uma figura execrável, ao mesmo tempo homem mulher morcego, denominada *O Diabo*; outra toda festões e guirlandas, que celebra a reconciliação das forças terrestres com as do céu, simbolizando a totalidade do *Mundo*, por meio da dança de uma fada ou ninfa desnuda e saltitante. (O entalhador de ambos os tarôs podia ser, no entanto, a mesma e única pessoa, adepto clandestino de algum culto noturno, que teria esboçado com traços rígidos o espantalho do Diabo para escarnecer da ignorância dos exorcistas e inquisidores, e reservado seus recursos ornamentais para a alegoria de sua fé secreta.)

— Tu que és um homem de valor, dize-me lá como poderei livrar meu reino deste flagelo? — terá indagado o Rei e, logo tomado por um impulso belicoso (as cartas de *espadas* estão sempre prontas a recordar-lhe que a razão da força ainda lhe resta favorável), talvez tenha proposto: — Bem poderia recorrer ao meu exército, adestrado em manobras envolventes e prementes, em submeter a ferro e fogo, em espalhar incêndio e roubo, em tudo arrasar ao nível do chão, em não deixar pedra sobre pedra, nem talo de grama, nem folha caída, nem alma de gente...

— Não é o caso, Majestade — interrompe o coveiro, que em suas noites de cemitério deve ter visto muitas e boas. — Quando o Sabá se deixa surpreender pelo primeiro raio do sol nascente, todas as feiticeiras e vampiros, súcubos e íncubos, logo se põem em fuga, transformando-se uns em corujas, outros em morcegos, em todas as espécies de quirópteros. E, metidos nessas peles, perdem, como tive ocasião de observar, sua invulnerabilidade habitual. Será nesse momento, com aquela armadilha oculta, que capturaremos a carocha.

— Confio no que dizes, meu bom homem. Agora mãos à obra!

Tudo se realiza segundo os planos do coveiro: pelo menos é isso que deduzimos quando a mão do Rei se detém sobre o misterioso arcano da *Roda*, que tanto pode designar a sarabanda dos espectros zoo-

mórficos, quanto a armadilha preparada com materiais ao acaso (a feiticeira caiu lá dentro sob a forma de um repugnante morcego coroado, juntamente com dois lêmures, seus súcubos, se debatem na gaiola giratória sem possibilidade de saída), como ainda a rampa de lançamento na qual o Rei encapsulou sua caça infernal para arremessá-la numa órbita sem retorno, desembaraçando dela o campo de gravidade terrestre em que tudo aquilo que atiramos para o ar nos volta a cair sobre a cabeça, e quem sabe descarregá-la nos terrenos baldios da *Lua*, que desde muito e muito tempo governa os ataques dos licantropos, a proliferação dos mosquitos, e as regras menstruais, e, no entanto, fica aí querendo bancar a pura incontaminada e cândida. O narrador contempla com olhar ansioso a curva que enlaça o *Dois de Ouros* como se escrutasse a trajetória da Terra à Lua, única via que lhe ocorre para expulsar radicalmente esse incôngruo de seu horizonte, na admissão de que Selene, tendo perdido seu fastígio de deusa, se resigne com o cargo de lata de lixo celestial.

Um sobressalto. A noite é estraçalhada por um relâmpago, no alto na floresta, em direção da cidade luminosa que num instante desaparece na escuridão, como se o raio se tivesse abatido sobre o castelo real decapitando *A Torre* mais elevada que arranha os céus da metrópole, ou como se uma alta de tensão nas instalações sobrecarregadas da Grande Central tivesse mergulhado o mundo num blecaute.

"Curto-circuito, longa noite", um provérbio de mau agouro vem à mente do coveiro e de todos nós, imaginando (como no Arcano Número Um dito *O Mago*) os engenheiros que neste momento se apressam em desmontar o grande Cérebro Mecânico para encontrar a causa do defeito na confusão de roldanas e bobinas, reostatos e eletrodos.

As mesmas cartas neste relato podem ser lidas e relidas com significados diferentes: a mão do narrador hesita nervosa e aponta de novo *A Torre* e *O Enforcado* como nos convidando a reconhecer nas telefotos desfocadas de um jornal da tarde os instantâneos atrozes de uma notícia do dia: uma mulher que se precipita de vertiginosa altura no vazio entre as fachadas dos arranha-céus. Na primeira destas duas figuras a queda é bem expressa pelo agitar das mãos, pelo retorcer da saia, pela simultaneidade da dupla imagem turbilhonante; na segunda, pelo detalhe do corpo que antes de esfacelar-se no solo emaranha os pés nos fios, temos explicada a causa do acidente elétrico.

E assim nos é dado reconstituir mentalmente o crime com a voz ofegante do Bufão que vem à procura do Rei:

— A Rainha! A Rainha! Caiu de chofre! Incandescente! Sabeis como?: os meteoros. Tentou abrir as asas! Mas ficou presa pelas patas! De cabeça para baixo! Embaraça-se nos fios e lá fica! Tesa alteza da alta tensão! Escoiceia, esturrica, estrebucha! Estira o couro, as membranas reais de nossa bem-amada Soberana! Fritinha ali dependurada...

Ergue-se um tumulto.

— A Rainha morreu! A nossa boa Soberana! Atirou-se do balcão! Foi o Rei que a matou! Vamos vingá-la! — De todas as partes as pessoas acorrem a pé e a cavalo, armadas de *Espadas*, *Paus*, *Escudos*, e dispõem *Copas* de sangue envenenado como isca: — É uma história de vampiros! O reino está em poder dos vampiros! O Rei é um vampiro! Vamos capturá-lo!

*DUAS HISTÓRIAS*
*NAS QUAIS SE PROCURA E SE PERDE*

Os fregueses da taverna acotovelam-se em torno à mesa que se foi aos poucos cobrindo de cartas, esforçando-se por tirar dessa barafunda de tarôs a sua própria história, e quanto mais confusas e desconjuntadas se tornam essas histórias tanto mais as cartas esparramadas vão encontrando seu lugar num mosaico ordenado. Será apenas resultado do acaso, este desenho, ou talvez algum de nós o estará pacientemente estruturando?

Há, por exemplo, esse homem já idoso que em meio da balbúrdia ainda conserva sua calma meditativa, e antes de colocar uma carta reflete bastante cada vez, como absorto numa operação que não sabe se conseguirá realizar, uma combinação de elementos de pouca monta, mas da qual pode surgir um resultado surpreendente. A barba branca professoral e bem cuidada, o olhar grave no qual se pressente uma ponta de inquietude, são alguns dos traços que tem em comum com a figura do *Rei de Ouros*. Esse seu retrato, juntamente com as cartas de *Copas* e de *Ouros* que se lhe veem em torno poderiam servir para defini-lo como um alquimista que tivesse passado a vida a perquirir a combinação dos elementos e as suas metamorfoses. Nos alambiques e nas retortas que lhe vai trazendo o *Valete de Copas*, seu fâmulo ou assistente, escruta o referver dos líquidos densos como urina,

que os reagentes colorem em nuvens de índigo ou cinábrio, dos quais devem se destacar as moléculas do rei dos metais. Mas a espera é inútil, o que resta no fundo do recipiente é apenas chumbo.

É de todos sabido, ou pelo menos todos deviam sabê-lo, que se um alquimista busca o segredo do ouro só por ambição de riqueza suas experiências acabarão fracassando: deve em vez disso libertar-se dos egoísmos e das limitações individuais, tornar-se uma só coisa com as coisas que se movem no fundo das coisas, e, à primeira transformação que é a de si mesmo, as outras se seguirão documente. Tendo dedicado os melhores anos de sua vida a essa Grande Obra, ainda agora o nosso comensal ancião, porque tem em mãos um baralho de tarô, quer compor um equivalente da Grande Obra, dispondo as cartas num quadrado que pode ser lido de cima para baixo, da esquerda para a direita, e vice-versa, com todas as nossas histórias inclusive a sua. Mas, quando lhe parece ter conseguido enquadrar juntamente todas as histórias, percebe que a sua se perdeu.

Ele não é o único a buscar na sucessão das cartas a via de uma transformação interior que se transmita para fora. Há mesmo quem, com a bela inconsciência da juventude, pense reconhecer-se na mais destemida figura de guerreiro de todo o maço, o *Cavaleiro de Espadas* e imagine-se enfrentando as cartas mais cortantes de *Espadas* e as mais pontiagudas de *Paus* para chegar à sua meta. Mas para isso terá de fazer uma grande volta (como indica o signo serpenteante do *Dois de Ouros*), desafiar (*Dois de Espadas*) as potências infernais (*O Diabo*) invocadas pelo Mago Merlin (*O Mago*) na floresta de Broceliante (*Sete de Paus*), para finalmente ver-se admitido na Távola Redonda (*Dez de Copas*) do Rei Artur (*Rei de Espadas*), no lugar que até agora nenhum cavaleiro foi considerado digno de ocupar.

Considerando bem, tanto para o alquimista quanto para o cavaleiro errante o ponto de chegada deveria ser o *Ás de Copas*, que para um contém o flogístico ou a pedra filosofal ou o elixir da longa vida, e para o outro é o talismã guardado pelo Rei Pescador, o vaso misterioso que seu primeiro poeta não se deu ao trabalho de nos explicar o que era — ou não o quis dizer — e que desde então fez brotar rios de tinta de conjecturas, o Graal que continua a ser disputado entre as religiões romana e céltica. (Talvez o trovador de Champagne quisesse precisamente isso: manter viva a batalha entre *O Papa* e o *Druida Eremita*. Não há melhor lugar para se guardar um segredo que num romance inacabado.)

Logo, o problema que os nossos dois comensais queriam resolver dispondo as cartas em redor do *Ás de Copas* era ao mesmo tempo a Grande Obra alquímica e a Demanda do Graal. Nas mesmas cartas, uma por uma, ambos podiam reconhecer as etapas de sua Arte ou Aventura: no *Sol*, o astro do ouro ou a inocência do jovem guerreiro, na *Roda*, o moto-perpétuo ou o encantamento do bosque, no *Juízo*, a morte e a ressurreição (dos metais e da alma) ou o apelo celestial.

Estando assim as coisas, as histórias arriscam continuamente tropeçar uma na outra, se não se põe bem às claras o mecanismo. O alquimista é aquele que para obter as modificações da matéria procura tornar sua alma inalterável e pura como o ouro; mas tomemos o caso de um doutor Fausto que inverte a regra do alquimista, faz da alma um objeto de troca e por esse meio espera que a natureza se torne incorruptível e não seja mais necessário buscar o ouro porque todos os elementos serão igualmente preciosos, o mundo é de ouro e o ouro é o mundo. Do mesmo modo, é cavaleiro errante aquele que submete suas ações a uma lei moral absoluta e rígida, para que a lei natural mantenha a abundância sobre a terra com indulgência absoluta; mas vamos imaginar um Perceval-Parzival-Parsifal que inverte a regra da Távola Redonda: as virtudes cavalheirescas serão nele involuntárias, virão à tona como um dom da natureza, como as cores das asas das borboletas, e assim, executando suas empresas com espantosa negligência, talvez consiga submeter a natureza à sua vontade, possuir a ciência do mundo como a uma coisa, tornar-se mago e taumaturgo, fazer

cicatrizar a chaga do Rei Pescador e restituir a verde linfa à terra deserta.

O mosaico de cartas que estamos aqui estatelados a olhar é, pois, a Obra ou a Demanda que se gostaria de levar a termo sem obrar nem demandar. O doutor Fausto cansou-se de fazer as metamorfoses instantâneas dos metais dependerem das lentas transformações que ocorriam dentro de si mesmo, e duvida de toda a sapiência que acumulou em sua solitária vida de *Eremita*; está desiludido dos poderes de sua arte bem como das trapaças entre as combinações das cartas do tarô. Naquele momento um relâmpago ilumina seu cubículo no alto da *Torre*. Aparece à sua frente um personagem com chapéu de abas largas, como esses que usam os estudantes de Wittemberg: talvez seja um clérigo errante, ou um *Mago*, charlatão, um mágico de feira que tenha aparelhado sobre uma banca todo um laboratório de frascos desparelhados.

— Achas que podes contrafazer a minha arte? — assim o verdadeiro alquimista terá apostrofado o impostor. — Que lavagem meteste nos teus potes?

— O caldo que estava na origem do *Mundo* — assim pode ter respondido o desconhecido —, do qual tomaram forma os cristais e as plantas, as espécies animais e a linhagem do *Homo sapiens*! — E tudo o que ele diz aparece em transparência na matéria em ebulição num cadinho incandescente, tal como agora a contemplamos no Arcano XXI. Nessa carta, que traz o número mais alto de todas as do tarô e é a que mais vale na contagem de pontos dos jogadores, voa nua uma deusa coroada de mirto, Vênus talvez; as quatro figuras que lhe estão ao redor são reconhecíveis como imagens devotas mais recentes, mas isso talvez não passe de um prudente disfarce de outras aparições menos incompatíveis com o triunfo da deusa lá no meio, talvez centauros sereias harpias górgonas, que reinavam sobre o mundo antes de terem sido submetidas à autoridade do Olimpo, ou ainda mesmo dinossauros mastodontes pterodátilos mamutes, as tentativas que a natureza fez antes de assegurar-se — não se sabe por quanto tempo ainda — da supremacia do homem. E há quem veja na figura central não uma Vênus mas o Hermafrodito, símbolo das almas que alcançam o centro do mundo, ponto culminante do itinerário que deve percorrer o alquimista.

"E podes então fazer também ouro?", terá perguntado o doutor, a quem o outro: "Vede!", deve ter respondido, fazendo-lhe a vista resplandecer com arcas transbordantes de lingotes de ouro feitos em casa.

— E podes restituir-me a juventude?

Eis que o tentador lhe mostra o Arcano do *Amor*, no qual a história de Fausto se confunde com a de Don Juan Tenório, essa também sem dúvida dissimulada na retícula dos tarôs.

— Que queres para ceder-me o segredo?

A carta do *Dois de Copas* é um memorando do segredo da fabricação do ouro: e podemos interpretá-la como os espíritos do Enxofre e do Mercúrio que se separam, ou como a união do Sol e da Lua, ou a luta do Fixo contra o Volátil, receitas que se leem em todos os tratados, mas em cuja execução alguém pode passar toda a vida soprando seus fornos sem chegar a nada.

Parece que o nosso próprio comensal está decifrando nos tarôs uma história que ainda esteja acontecendo dentro de si mesmo. Mas por ora não parece efetivamente que dela possamos esperar aspectos imprevistos: o *Dois de Ouros* com desenvolta eficácia gráfica está indicando uma troca, uma permuta, um *do ut des*; e, como a contrapartida dessa troca só pode ser a alma do nosso comensal, é lícito reconhecer uma ingênua alegoria na fluida aparição alada do arcano *A Temperança*; e, se é o tráfico de almas o que importa ao torpe feiticeiro, não restam dúvidas quanto à sua identidade de *Diabo*.

Com a ajuda de Mefistófeles, todos os desejos de Fausto são logo satisfeitos. Ou melhor, para dizer as coisas como de fato são, Fausto obtém o equivalente em ouro de tudo quanto deseja.

— E não estais contente?

*121*

— Pensava que a riqueza fosse o diverso, o múltiplo, o mutável, e só vejo peças de metal uniformes que vão e vêm e se acumulam, e que só servem para se multiplicarem a si mesmas, sempre iguais.

Tudo o que as suas mãos tocam se transforma em ouro. Logo a história do doutor Fausto se confunde também com a do Rei Midas, na carta do *Ás de Ouros* que representa o globo terrestre transformado numa esfera de ouro maciço, ressecada em sua abstração de moeda, incomestível e invivível.

— Já vos arrependeis de haver firmado um pacto com o diabo?

— Não, o erro foi trocar uma só alma por um só metal. Só quando Fausto se compromete com vários diabos ao mesmo tempo é que consegue salvar a alma plural, encontrar palhetas de ouro no fundo da matéria plástica, contemplar Vênus renascer continuamente nas águas de Chipre, dissipando as grandes manchas de petróleo, a espuma de detergentes...

O arcano número XVII que pode concluir a história do doutor em alquimia, pode igualmente começar a história de nosso aventuroso campeão, ilustrando seu nascimento à luz das *Estrelas*. Filho de pai desconhecido e de rainha destronada e nômade, Parsifal carrega consigo o mistério das origens. Para impedi-lo de saber mais do que sabe, a mãe (que devia ter seus bons motivos) ensinou-lhe a não fazer jamais perguntas, e criou-o na solidão, eximindo-o do duro aprendizado da cavalaria. Mas mesmo por aqueles híspidos urzais erravam os cavaleiros errantes e o mancebo sem nada perguntar agrupa-se com eles, empunha as armas, monta a sela e esmaga sob os cascos do cavalo a própria mãe, demasiadamente protetora.

Filho de um conúbio culpável, matricida sem saber, logo implicado num amor igualmente proibido, Parsifal corre o mundo tranquilo, em perfeita inocência. Ignorante de tudo aquilo que se deve aprender para se estar no mundo, comporta-se de acordo com as regras de cavalaria porque assim lhe convém. E, esplendente de clara ignorância, atravessa regiões oprimidas por obscura sapiência.

Terras desoladas estendem-se no tarô da *Lua*. À margem de um lago de águas mortas há um castelo sobre a *Torre* do qual se abateu horrível maldição. Nela vive Amfortas, o Rei Pescador, que aqui vemos, velho e carcomido, a tratar de uma chaga que não se cicatriza. Enquanto essa chaga não se cicatrizar, a roda das transformações não voltará a mover-se, passando da luz do sol ao verde das folhas e à alegria das festas do equinócio na primavera.

Talvez o pecado do Rei Amfortas seja um saber opilado, uma ciência definhante, conservada talvez no fundo do recipiente que Parsifal vê transportado em procissão pelas escadarias do castelo, e que gostaria de saber o que é, mas se cala. A força de Parsifal consiste em estar de tal forma novo no mundo e tão ocupado com o fato de estar no mundo que nunca lhe vem à mente fazer perguntas sobre aquilo que vê. E, no entanto, bastaria uma pergunta sua, uma primeira pergunta para desencadear a resposta de tudo o que no mundo nunca perguntou nada, e eis que o depósito dos séculos aglomerado no fundo dos vasos das escavações se dissolve, as eras esmagadas entre os estratos telúricos voltam a decorrer, o futuro recupera o passado, o pólen das estações de abundância sepulto há milênios nas turfeiras retorna a voar, elevando-se acima dos anos de sequidão...

Não sei há quanto tempo (horas ou anos) Fausto e Parsifal se dedicam a retraçar os seus itinerários, tarô após tarô, sobre a tábua da taverna. Mas cada vez que se inclinam sobre as cartas sua história se lê de um outro modo, sofre correções, variantes, ressente-se dos humores da jornada e do curso dos pensamentos, oscila entre dois polos: o tudo e o nada.

— O mundo não existe — conclui Fausto quando o pêndulo alcança o outro extremo —, não há um

■ *ITALO CALVINO*

dado completo de uma vez: há um número finito de elementos cujas combinações se multiplicam por bilhões de bilhões, e dessas só umas poucas tomam forma e sentido e se impõem em meio a um polvilhar sem sentido e sem forma; como as setenta e oito cartas do maço de tarô em cujos acostamentos aparecem sequências de histórias que de súbito se desfazem.

Enquanto esta seria a conclusão (sempre provisória) de Parsifal:

"O núcleo do mundo está vazio, o princípio do que se move no universo é o espaço do nada, o que existe se constrói em torno de uma ausência, no fundo do graal está o tao", e indica o retângulo vazio circundado de tarôs.

*TAMBÉM TENTO CONTAR A MINHA*

A bro a boca, procuro articular a palavra, guincho, seria o momento de contar a minha, é claro que as cartas dessas duas últimas são também as da minha história, a história que me trouxe até aqui, uma série de terríveis encontros que talvez seja apenas uma série de encontros frustrados.

De início devo chamar a atenção para a carta dita do *Rei de Paus*, na qual se vê sentado um personagem, que se ninguém mais o reclama bem poderia ser eu: tanto que manobra um instrumento afiado com a ponta voltada para baixo, como estou fazendo neste momento, e de fato esse instrumento se olharmos bem se assemelha a uma caneta ou cálamo ou lápis bem aparado ou uma esferográfica, e, se parece de grandeza desproporcional, será para significar a importância que tal instrumento exerce na existência do dito personagem sedentário. Pelo que sei, foi exatamente o fio negro que brota da ponta desse cetro de dez réis a estrada que me trouxe até aqui, donde não se excluir que *Rei de Paus* seja o apelativo que me cabe, e nesse caso o termo *Paus* deve ser compreendido no sentido dessas barras que fazem as crianças na escola, primeiro balbucio de quem procura comunicar-se traçando signos, ou no sentido de troncos de pinho dos quais se extrai a branca celulose e dos quais se desfolham resmas de páginas

prontas para serem (e ainda aqui os significados se cruzam) traçadas.

O *Dois de Ouros* é para mim também um signo de troca, dessa troca que reside em cada signo, desde o primeiro rabisco traçado de modo a se distinguir dos outros rabiscos do primeiro escriba, o signo da escrita aparentada com todos os outros gêneros de troca, não inventado por acaso pelos fenícios, implicado na circulação do circulante como as moedas de ouro, a letra que não se deve tomar ao pé da letra, a letra que transvaloriza os valores que sem a letra nada valem, a letra sempre pronta a crescer em si mesma e ornar-se das flores do sublime, vejam-na aqui historiada e florida em sua superfície significante, a letra elemento inicial das Belas Letras, e que envolve sempre em suas espirais significantes a circulação do significado, a letra S que serpeia para significar que está ali pronta para significar os significados, o signo significante que tem a forma de um S para que seus significados tomem a forma d'esses também eles.

E todas aquelas *copas* não passam de tinteiros secos à espera de que da negrura da tinta venham à tona os demônios as potências do ínfero os papões os hinos à noite as flores do mal os corações na treva, ou bem que paire aí o anjo melancólico que destila os humores da alma e extravasa extratos de graça e epifanias. Mas nada vem. O *Valete de Copas* assim me retrata enquanto me inclino a escrutar dentro do invólucro de mim mesmo; e não tenho um ar satisfeito: bastante tenho de sacudir e espremer, minha alma é um tinteiro vazio. Que *Diabo* quererá tomá-la em pagamento para assegurar-me a realização de minha obra?

O *Diabo* devia ser a carta que mais frequentemente se encontra em meu ofício: a matéria-prima do escrever não estará toda por acaso nesse ressurgir à superfície de grifos peludos, assanhamentos caninos, chifradas caprinas, violências interditas que bracejam nas trevas? Mas a coisa pode ser vista de duas maneiras: que este fervilhar demoníaco no interior das pessoas singulares e plurais, nas coisas feitas ou que se acredita fazer, e nas palavras ditas ou que se acredita dizer, seja um modo de fazer ou de dizer que não está bem, e convém, portanto, engolir tudo de novo, ou em vez disso seja precisamente o que mais conta e visto que ali está seja aconselhável fazê-lo vir a furo; dois modos de ver a coisa que se podem depois misturar de várias maneiras, porque pode ser que o negativo, por exemplo, seja negativo mas necessário porque sem ele o positivo não seria positivo, ou ainda que não seja de fato negativo e que o único caso de negativo seja aquele que se toma por positivo.

Neste caso só resta a quem escreve um modelo incomparável para o qual pender: o Marquês tão diabólico que foi chamado de divino, que incitou a palavra a explorar os confins negros do pensável. (E a história que devíamos tentar ler nestas cartas seria a das duas irmãs que poderiam ser a *Rainha de Copas* e a *Rainha de Espadas*, uma angélica e outra perversa. No convento no qual a primeira delas tomou véu, mal ela se volta um *Eremita* a derruba e se aproveita de suas graças às suas costas; a ela que vem se queixar, responde a *Papisa* ou abadessa: "Não conheces o mundo, Justina: o poder do *Ouro* e da *Espada* folga sobretudo em transformar em coisas os outros seres humanos; a variedade dos prazeres não tem limites, como as combinações dos reflexos condicionados; tudo está em decidir quem condiciona os reflexos. Tua irmã Julieta pode iniciar-te nos segredos promíscuos do *Amor*; com ela poderás aprender que há quem se satisfaça em fazer girar a *Roda* dos suplícios e quem em estar *Enforcado* pelos pés".)

Tudo isto é como um sonho que a palavra traz em si e que passando através daquele que escreve liberta a si mesma e também a ele. Na escrita o que fala é o reprimido. Mas já agora *O Papa* de barbas brancas poderia ser o grande pastor de almas e intérprete de sonhos, Sigismundo de Viena, e para termos confirmação basta verificar se em alguma parte do quadrado dos tarôs se consegue ler a história que, segundo ensina a sua doutrina, se oculta no enredo de todas as histórias.

(Tomemos um jovem, *Valete de Ouros*, que queira afastar de si uma negra profecia: parricídio e núpcias com a própria mãe. Façamo-lo partir à aventura num *Carro* ricamente adornado. O *Dois de Paus* assinala um cruzamento na poeirenta estrada principal, ou antes: é o próprio cruzamento, e quem aí esteve pode reconhecer o lugar em que a estrada que vem de Corinto cruza com a que vai para Tebas. O *Ás de Paus* testemunha uma rixa de estrada, ou mesmo de encruzilhada, quando dois carros não querem dar passagem um ao outro e ficam com os eixos das rodas enganchados; os condutores saltam à terra esbravecidos e empoeirados, vociferando como carroceiros, insultando-se, cada qual tratando de porco e vaca ao pai e à mãe do outro, e, se um saca do bolso uma arma branca, fácil é prever que teremos um morto. De fato, aqui estão o *Ás de Espada*, *O Louco* e *A Morte:* foi o desconhecido, que provinha de Tebas, quem ficou por terra, o que o ensinará a controlar seus nervos, e tu, Édipo, não o fizeste de propósito, nós o sabemos, foi um impulso violento, não importa que lhe tenhas caído em cima de mão armada como se não estivesses à espera de outra coisa em toda a vida. Entre as cartas que vêm depois está a *Roda da Fortuna* ou Esfinge, há a entrada em Tebas como um *Imperador* triunfante, as *Copas* do banquete de núpcias com a Rainha Jocasta que vemos retratada como *Rainha de Ouros*, em vestes de viúva, mulher ainda desejável apesar de madura. Mas a profecia se cumpre: a peste infesta Tebas, uma nuvem de bacilos cai sobre a cidade, inunda de miasmas as ruas e as casas, e os corpos após a erupção de bubões vermelhos e azuis tombam esquálidos pelos caminhos, lambendo a água das poças enlameadas com os lábios ressequidos. Nestes casos, o remédio é recorrer à Sibila de Delfos, para que explique quais as leis ou tabus que foram violados: a velha com a tiara e o livro aberto, etiquetada com o estranho epíteto de *Papisa*, é ela mesma. Se quisermos, podemos no arcano dito do *Juízo* ou do *Anjo* reconhecer a cena primitiva a que se reporta a doutrina sigismundiana dos sonhos: o terno anjinho que desperta de noite entre as nuvens do sono e vê as pessoas adultas que não se sabe o que estão fazendo, todos nus e em posições incompreensíveis, papai e mamãe e outros convidados. É o destino que no sonho fala. Só nos resta agora realizá-lo. Édipo, que nada sabia a respeito, arranca a luz dos olhos: literalmente a carta do *Eremita* o apresenta no momento em que retira dos olhos uma luz, e segue a caminho de Colona com manto e bastão de peregrino.)

De tudo isto a escrita adverte como oráculo e purifica como tragédia. Em suma, não temos que fazer disso um problema. A escrita tem em suma um subsolo que pertence à espécie, ou pelo menos à civilização, ou pelo menos a certas categorias de renda. E eu? E esse tanto ou quanto de particularmente pessoal que pensava aí meter? Se posso evocar a sombra de um autor para acompanhar meus passos hesitantes nos territórios do destino individual, do eu, do (como agora dizem) "vivido", esta há de ser a do Egoísta de Grenoble, do provinciano à conquista do mundo, que antigamente lia como se esperasse dele a história que eu devia escrever (ou viver: havia uma confusão entre os dois verbos, nele, ou no eu de então). Quais dessas cartas me indicaria ele, se respondesse ainda ao meu apelo? As cartas do romance que não escrevi, com *O Amor* e toda a energia que põe em movimento e suas inquietudes e confusões, *O Carro* triunfante da ambição, *O Mundo* que vem ao teu encontro, a beleza promessa de felicidade? Mas aqui só vejo imagens de cenas que se repetem iguais, o tran-tran da carreta de todos os dias, a beleza como a reproduzem as rotogravuras. Era essa a receita que esperava dele? (Para o romance ou para essa coisa obscuramente aparentada com o romance: "a vida"?) Quem é que tinha tudo isso junto e lá se foi?

Descarto um tarô, descarto outro, e logo me vejo com poucas cartas em mão. *O Cavaleiro de Espadas*, *O Eremita*, *O Mago* são sempre eu mesmo como de tempos em tempos me imagino ser enquanto continuo a estar sentado a mover a pena de cima para

# ITALO CALVINO

baixo sobre o papel. Pelos sendeiros de tinta afasta--se em galope o impulso guerreiro da juventude, a ânsia existencial, a energia da aventura despendida numa carnificina de emendas e folhas de papel atiradas à cesta. E na carta que se segue vejo-me nas vestes de um velho monge, segregado há anos em sua cela, rato de biblioteca que perlustra à luz de lanterna uma sabedoria esquecida entre as notas ao pé das páginas e as remissões dos índices analíticos. Talvez haja chegado o momento de admitir que o tarô número um é o único que representa honestamente aquilo que consegui ser: um prestidigitador ou ilusionista que dispõe sobre a banca de feira um certo número de figuras e, deslocando-as, reunindo-as ou trocando-as, obtém um certo número de efeitos.

O passe de mágica que consiste em enfileirar cartas de tarô e delas extrair uma história, poderia fazê-lo igualmente com os quadros de um museu: colocar, por exemplo, um são Jerônimo no lugar do *Eremita*, um são Jorge no lugar do *Cavaleiro de Espadas* e ver que coisa dá. Eles estão, vejam o caso, entre os assuntos de pintura que mais me têm atraído. Nos museus sempre me detenho com satisfação diante dos são Jerônimos. Os pintores representam o eremita como um estudioso que consulta tratados ao ar livre, sentado à entrada de uma gruta. Não longe dali está deitado um leão, domesticado, pacífico. Por que o leão? A palavra escrita apascenta as paixões? Ou submete as forças da natureza? Ou se encontra em harmonia com a desumanidade do universo? Ou gera uma violência contida mas sempre pronta a arremessar-se, a dilacerar? Explique-se como se quiser, o certo é que agrada aos pintores que são Jerônimo tenha um leão consigo (levando--se a sério a história do espinho na pata, graças ao costumeiro quiproquó de um copista), e o caso é que me dá satisfação e segurança vê-los juntos, procurando reconhecer-me, não especialmente no santo e menos ainda no leão (que de resto se parecem bastante), mas

A TAVERNA DOS DESTINOS CRUZADOS ∎

nos dois ao mesmo tempo, no conjunto, no quadro, figuras objetos paisagem.

Na paisagem os objetos do ler e do escrever estão colocados entre os rochedos as ervas os lagartos, tornam-se produtos e instrumentos da continuidade mineral-vegetal-animal. Entre os utensílios do eremita há até um crânio: a palavra escrita tem sempre presente a anulação da pessoa que escreveu ou daquela que lera. A natureza inarticulada engloba em seu discurso todo o discurso humano.

Mas nota-se que não estamos no deserto, na selva, na ilha de Robinson Crusoé; a cidade está ali, a dois passos. Nos quadros do eremita, quase sempre, há uma cidade ao fundo. Uma gravura de Dürer está quase toda ocupada pela cidade, uma pirâmide baixa entalhada de torres quadradas e tetos pontudos; o santo, achatado sobre um cimo em primeiro plano, está de costas voltadas para ela, e não desgruda os olhos do livro, sob seu capuz monástico. Na ponta seca de Rembrandt a cidade alta domina o leão que passeia o focinho em torno, e o santo embaixo, a ler tranquilo à sombra de uma nogueira, sob um chapéu de abas largas. À noite os eremitas veem as luzes se acenderem nas janelas, o vento lhes traz em ondas a música das festas. Num quarto de hora, se quisessem, estariam de volta em meio à gente. A força do eremita mede-se não pela distância percorrida para chegar ali, mas pelo pouco que lhe basta para destacar-se da cidade, sem jamais a perder de vista.

Às vezes o escritor solitário é representado em seu gabinete, donde um são Jerônimo, não fosse pelo leão, se confundiria com santo Agostinho: o mister de escrever uniformiza as vidas individuais, um homem em seu escritório se assemelha a qualquer outro homem no escritório. Mas não é só o leão, outros animais visitam a solidão do estudioso, discretos mensageiros do exterior: um pavão (em Antonello da Mesina, em Londres), um lobinho (em Dürer, outra gravura), um cãozinho maltês (em Carpaccio, em Veneza).

■ *ITALO CALVINO*

Nesses quadros de interiores, o que conta é como um certo número de objetos bem distintos estão dispostos em certo espaço, e deixam correr a luz e o tempo por sua superfície: volumes encadernados, rolos de pergaminho, clepsidras, astrolábios, caramujos, a esfera suspensa do teto que mostra como giram os céus (em seu lugar, em Dürer, há uma abóbora). A figura do são Jerônimo-Santo Agostinho pode estar sentada bem no centro do quadro, como em Antonello, mas sabemos que o retrato comporta o catálogo dos objetos, e o espaço da peça reproduz o espaço da mente, o ideal enciclopédico do intelecto, a sua ordem, suas classificações, e sua calma.

Ou a sua inquietude: santo Agostinho, em Botticelli (nos Uffizi), começa a enraivecer-se, amarrota folha após folha e as atira ao chão, para baixo da mesa. Mesmo no gabinete onde reina a serenidade absorta, a concentração, o lazer (estou sempre na contemplação de Carpaccio) deixa passar uma corrente de alta tensão: os livros deixados abertos ao acaso veem suas páginas passarem sozinhas, oscila a esfera pênsil, a luz entra oblíqua pela janela, o cão levanta o focinho. No espaço interior gravita um anúncio de terremoto: a harmoniosa geometria intelectual aflora o limite da obsessão paranoica. Ou talvez sejam os ribombos de fora que fazem tremer as janelas? Da mesma forma como é apenas a cidade que dá um sentido à áspera paisagem do eremita, assim também o gabinete, com seu silêncio e sua ordem, é que vem a ser o lugar onde se registram as oscilações dos sismógrafos.

Há já alguns anos que estou aqui encerrado, ruminando mil razões para não pôr o nariz lá fora, sem encontrar nenhuma que me deixe a alma em paz. Talvez que eu venha a lamentar modos mais extrovertidos de expressar-me? Houve um tempo, no entanto, em que andando pelos museus parava para confrontar e interrogar os são Jorges e seus dragões. Os quadros de são Jorge têm esta virtude: fazem-nos compreender que o pintor estava satisfeito de pintar

*A TAVERNA DOS DESTINOS CRUZADOS* ∎

um são Jorge. Por que se pinta são Jorge sem se acreditar muito nele, acreditando-se apenas na pintura e não no tema? Parece que os pintores sempre estiveram conscientes da condição instável de são Jorge (como santo legendário, parecido demais com o Perseu do mito; como herói do mito, parecido demais com o irmão menor da fábula) de modo a observá-lo sempre com um olho "primitivo". Mas, ao mesmo tempo, acreditando nele: do modo que têm os escritores e pintores de acreditar numa história que passou por tantas formas, e que à força de pintá-la e repintá-la, de escrevê-la e reescrevê-la, se não o era se torna verdadeira.

Mesmo nos quadros dos pintores, são Jorge tem uma face impessoal, quase da mesma forma como o *Cavaleiro de Espadas* das cartas, e a sua luta contra o dragão é uma imagem sobre um brasão fixada fora do tempo, seja quando o vemos em galope, lança em riste, como em Carpaccio, fazer carga de sua metade da tela contra o dragão que se avulta na outra metade, entrando nela com uma expressão concentrada, de cabeça baixa, como um ciclista (em volta, nos detalhes, há um calendário de cadáveres cujas fases de decomposição recompõem o desenvolver temporal da narrativa), seja quando o cavalo e o dragão se superpõem como a formar um monograma, tal no Rafael do Louvre, e são Jorge trabalha com a lança de alto a baixo na goela do monstro, operando com angélica cirurgia (aqui o resto da história se condensa numa lança quebrada por terra e numa virgem ligeiramente aturdida); ou ainda que, na sequência: princesa, dragão, são Jorge, a fera (um dinossauro!) se apresente como elemento central (Paolo Uccello, em Londres e Paris) ou que ao contrário são Jorge separe o dragão, lá no fundo, da princesa, que está em primeiro plano (Tintoretto, em Londres).

Em todos os casos, são Jorge realiza a sua empresa diante de nossos olhos, sempre encerrado em sua couraça, sem nada revelar de si: a psicologia não foi feita para o homem de ação. Poderíamos mesmo

■ *ITALO CALVINO*

dizer que a psicologia está toda do lado do dragão, com suas furiosas contorções: o inimigo o monstro o vencido têm um pathos que o herói vencedor nem sonha ter (ou se acautela bastante em não mostrar). Daqui a dizer que o dragão é a psicologia, não custa um passo: mais ainda, é a psique, é o fundo obscuro de si mesmo que são Jorge enfrenta, um inimigo que já massacrou muitas jovens e jovenzinhos, um inimigo interno que se torna objeto de execrável exteriorização. É a história de uma energia projetada no mundo ou o diário de uma introversão?

Outras pinturas representam a fase subsequente (o dragão estendido por terra é uma nódoa no chão, um invólucro desinflado) e celebram assim a reconciliação com a natureza, que faz crescer árvores e rochedos a ponto de ocupar todo o quadro, relegando a um ângulo as figurinhas do guerreiro e do monstro (Altdorfer, em Munique; Giorgione, em Londres); ou ainda é a festa da sociedade regenerada, em torno do herói e da princesa (Pisanello, em Verona, e Carpaccio nas telas seguintes do ciclo, nos Schiavoni). (Subentendido patético: como o herói é um santo, não há núpcias mas batismo.) São Jorge conduz o monstro pela trela ao meio da praça para matá-lo em cerimônia pública. Mas, em toda aquela festa da cidade libertada do íncubo, não há ninguém que sorria: todas as faces estão graves. Soam as trombetas e os tambores, é uma execução capital a que viemos assistir, a espada de são Jorge está suspensa no ar, todos nós temos o fôlego suspenso, estamos a ponto de compreender que o dragão não é apenas o inimigo, o diverso, o outro, mas somos nós, é uma parte de nós mesmos que devemos julgar.

Ao longo das paredes dos Schiavoni, em Veneza, as histórias de são Jorge e de são Jerônimo continuam uma em seguida à outra como se fossem uma história só. E talvez sejam na verdade uma única história, a vida de um mesmo homem, juventude maturidade velhice e morte. Só tenho de encontrar o plano que una a empresa cavalheiresca à conquista da sabedoria.

*A TAVERNA DOS DESTINOS CRUZADOS* ■

Mas como, se ainda há pouco havia conseguido revirar são Jerônimo para fora e são Jorge para dentro?

Reflitamos. Observando bem, o elemento comum das duas histórias está na relação com um animal feroz, dragão inimigo ou leão amigo. O dragão ameaça a cidade, o leão a solidão. Podemos considerá-los um só animal: a besta feroz que encontramos tanto fora quanto dentro de nós, em público e em particular. Há um modo culpável de habitar a cidade: aceitar as condições da besta feroz dando-lhe nossos filhos como pasto. Há um modo culpável de habitar a solidão: crer-se ao abrigo porque a besta feroz se tornou inofensiva com um espinho na pata. O herói da história é aquele que na cidade aponta a lança para a goela do dragão, e na solidão mantém consigo o leão no pleno uso de suas forças, aceitando-o como guardião e gênio doméstico, mas sem dissimular sua natureza de fera.

Logo, consegui concluir, posso me dar por satisfeito. Mas não teria sido demasiado edificante? Releio. Rasgo tudo? Vejamos, a primeira coisa a dizer é que a história de são Jorge-são Jerônimo não é dessas com um princípio e um fim: estamos no meio de uma peça, com figuras que se oferecem à vista todas ao mesmo tempo. O personagem em questão ou consegue ser o guerreiro e o sábio em todas as coisas que faz e pensa, ou não será nenhum deles, e a mesma fera será ao mesmo tempo dragão inimigo na carnificina cotidiana da cidade e leão tutelar no espaço dos pensamentos: e não se deixa afrontar senão nas duas formas juntas.

Assim consegui pôr tudo em seus lugares. Na página, pelo menos. Dentro de mim continua tudo como dantes.

## HISTÓRIA DE HAMLET  HISTÓRIA DE ÉDIPO  HISTÓRIA DE JUSTINE

HISTÓRIA DO INDECISO

HISTÓRIA DE PARSIFAL

HISTÓRIA DO GUERREIRO

HISTÓRIA DA GIGANTA

HISTÓRIA DO COVEIRO

HISTÓRIA DO ESCRITOR

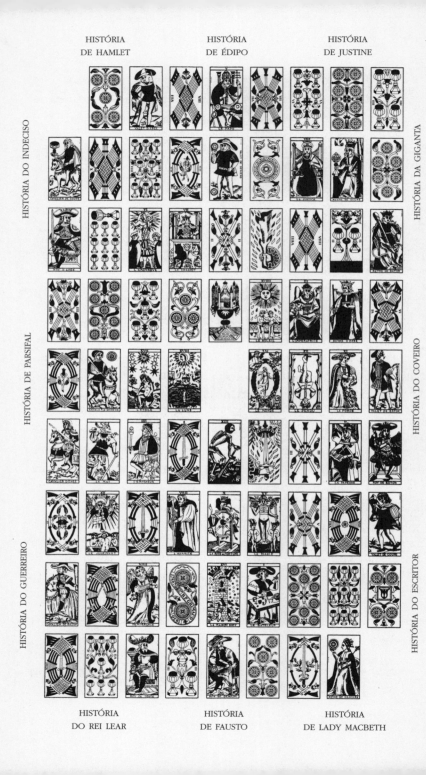

## HISTÓRIA DO REI LEAR  HISTÓRIA DE FAUSTO  HISTÓRIA DE LADY MACBETH

*TRÊS HISTÓRIAS*
*DE LOUCURA E DESTRUIÇÃO*

Agora que vimos esses pedaços de cartão ensebados se transformarem em museu de quadros de pintores célebres, em teatro de tragédia, em biblioteca de poemas e romances, a ruminação muda das palavras terra a terra, que para se manterem dentro das figuras arcanas das cartas eram obrigadas a elevar pouco a pouco o tom de voz, vai então experimentar voar mais alto, sacudir asas de palavras mais penudas, talvez dessas ouvidas lá do alto das torrinhas, quando ao seu ressoar os bastidores carunchosos de um palco rangente se transformam em palácio real e campo de batalha.

Com efeito, os três que se punham a discutir agora o faziam com gestos solenes como se declamassem, e os três apontavam seus dedos para a mesma carta, e com a outra mão e com mímicas evocativas esforçavam-se por explicar que aquelas figuras deviam ser entendidas assim e não assado. Eis que agora, na carta cujo nome varia segundo os usos e os idiomas — *Torre*, *Casa de Deus*, *Casa do Diabo* —, um jovem, que usa a espada — dir-se-ia — para coçar a testa sob a fluida cabeleira loura — e agora branca —, percorre os espaldões do castelo de Elsinor quando a escuridão da noite é atravessada por uma aparição que estarrece as sentinelas: o avançar majestoso de um espectro semelhante na barba grisalha e no elmo e na couraça esplendentes tanto ao *Imperador* das cartas de tarô

quanto ao finado rei da Dinamarca que volta a reclamar *Justiça*. Dessa forma tão interrogativa as cartas se prestam às mudas perguntas do jovem: "Por que se reabriram as portentosas fauces de teu sepulcro e teu cadáver envergando a vestimenta de aço vem de novo visitar o nosso mundo horripilando os raios da *Lua*?".

Interrompe-o uma dama de olhar exaltado, que pretende reconhecer naquela mesma *Torre* o castelo de Dunsinane por ocasião em que se desencadeará a vingança que as feiticeiras obscuramente anunciaram: a floresta de Birnam se porá em marcha subindo os declives da colina, fileiras e fileiras de árvores virão avante sobre as raízes arrancadas da terra, estendendo os ramos como no *Dez de Paus* ao assalto da fortaleza, e o usurpador saberá que Macduff, nascido de um talho de espada, é aquele que com um talho de *Espada* lhe cortará a cabeça. E, assim como encontra um sentido a sinistra conjugação de cartas: *Papisa* ou feiticeira profética, *Lua* ou noite em que três vezes mia o gato tigrado e grunhe o porco-espinho, e escorpiões batráquios víboras se deixam apanhar para o caldo, *Roda* ou remexer do gorgolhante caldeirão em que se desfazem múmias de bruxas, fel de cabra, pelo de morcego, moleira de feto, tripas de gambá, rabos de macacos escagaçados, da mesma forma os signos mais insensatos que as feiticeiras misturam em sua mixórdia acabam mais cedo ou mais tarde encontrando um sentido que os confirmam e te reduzem assim, a ti e à tua lógica, a mingau.

Mas para o Arcano da Torre e do Raio aponta ainda o dedo trêmulo de um velho, que ergue na mão a figura do *Rei de Copas*, decerto para fazer-se nela reconhecer, já que não restou nenhum dos atributos reais sobre o seu corpo despojado: nada no mundo lhe deixaram as duas filhas desnaturadas (isto parece dizer indicando dois retratos de cruéis damas coroadas e logo a paisagem esquálida da *Lua*) e agora lhe querem usurpar também aquela carta, que é a prova de como foi expulso de seu trono, atirado fora dos muros como um vaso de imundícies, abandonado à fúria dos ele-

mentos naturais. Agora habitava a tempestade, a chuva e o vento como se outra casa não pudesse ter, como se não fosse admissível que o mundo ainda contivesse outra coisa senão granizo, trovões e temporais, e como se seu espírito agora só acolhesse o vento, os raios e a loucura. "Soprai, ventos, até arrebentar as bochechas! Cataratas, furacões, transbordai até submergir os campanários e afogar os gaios de suas torres! Relâmpagos sulfúreos, mais instantâneos que as ideias, estafetas do raio que racha os carvalhos, vinde chamuscar os meus cabelos brancos! E tu, trovão, achata a grossa redondez do mundo, arrebenta os moldes da natureza, dispersa os cromossomos que perpetuam a ingrata essência do gênero humano!" Este turbilhão de pensamentos lemos nos olhos do velho soberano sentado em meio a nós, os ombros recurvos já não recobertos pelo manto de arminho mas pelo burel de *Eremita*, como se ainda estivesse vagando à luz da candeia pela charneca sem refúgio, com o *Louco* por único súdito e espelho de sua loucura.

Em vez disso, para o jovem de antes, *O Louco* significa apenas o papel que ele próprio se impôs, para melhor estudar um plano de vingança e melhor dissimular seu espírito conturbado pela revelação da culpa de sua mãe Gertrudes e do tio. Se o que tem é uma neurose, em todas as neuroses existe um método e em todo método, neuroses. (Bem sabemos nós, que estamos aqui agarrados a esse jogo de tarô.) Era a história das relações entre os jovens e os velhos que Hamlet nos vinha relatar: quanto mais frágil se sente diante da autoridade dos mais velhos, tanto mais a juventude se vê compelida a fazer de si mesma uma ideia extrema e absoluta, e mais dominada continua pela ameaça dos fantasmas parentais. Perturbação não menor provocam os jovens nos idosos: ameaçam como fantasmas, andam de cabeça baixa, mastigam rancores, trazem à baila os rancores que os velhos haviam sepultado, desprezando aquilo que os anciãos acreditam ter de melhor: a experiência. Pois bem, que banque o maluco, Hamlet, com as meias caindo pelas per-

nas e um livro aberto sob o nariz: as idades de transição estão sujeitas a distúrbios da mente. Além disso, a mãe o surpreendeu (*O Amoroso!*) a delirar por Ofélia: o diagnóstico é logo feito, chamemo-lo delírio de amor e está tudo explicado. Quem não ganhará nada com isto será a angélica Ofélia. O Arcano que a designa é *A Temperança* e já prevê seu fim aquático.

Eis que *O Mago* avisa que uma companhia de saltimbancos ou atores itinerantes chegou para dar um espetáculo na corte: boa ocasião para colocar os soberanos diante de suas culpas. O drama representa uma *Imperatriz* adúltera e assassina: nela se reconhece Gertrudes? Cláudio esquiva-se conturbado. A partir daí, Hamlet sabe que seu tio o costuma observar por trás de um reposteiro: bastaria um bom golpe de *Espada* contra uma cortina que se move e o rei tombaria inerme. Um rato! Um rato! Aposto que o matei! Mas como: escondido ali não estava o rei (como revela a carta dita *O Eremita*) mas o velho Polônio, cravado para sempre no ato de escutar, pobre espião que pouca luz trouxe ao caso. Não acertas nenhum golpe, Hamlet: não apaziguaste a alma de teu pai e tornaste órfã a jovem que amavas. Teu caráter já te destinava às abstratas especulações da mente: não é por acaso que o *Valete de Ouros* te representa absorto na contemplação de um desenho circular — um *mandala* talvez, diagrama de uma harmonia ultraterrena.

Até mesmo a nossa convidada menos contemplativa, igualmente dita *Rainha de Espadas* ou Lady Macbeth, ao ver a carta do *Eremita* parece perturbada: talvez nela veja uma nova aparição espectral, a sombra encapuzada de Banquo morto degolado que avança penosamente pelos corredores do castelo, senta-se no lugar de honra do banquete para o qual não fora convidado, deixa escorrer sobre a sopa as melenas ensanguentadas. Ou talvez reconheça nela o próprio marido em pessoa, Macbeth que assassinou o sono: à luz da candeia visita à noite as câmaras dos hóspedes, hesitante como um mosquito que não quisesse macular as fronhas. "Mãos de sangue e coração pálido!", a mulher o instiga e incita, mas isso não quer dizer que ela seja pior que ele: como bons cônjuges partilharam seus papéis, o casamento é o encontro de dois egoísmos que se esmagam mutuamente, a partir do qual as fendas se propagam pelas fundações do consórcio civil, os pilares do bem público se apoiam sobre as escamas das víboras da barbárie privada.

E, no entanto, vimos que o Rei Lear se havia reconhecido a si mesmo com bastante verossimilhança no *Eremita*, que erra como louco à procura de sua Cordélia angélica (ei-la, *A Temperança* é outra carta perdida, e esta por sua própria culpa), a filha incompreendida e por ele injustamente banida para dar azo às mendazes perfídias de Regana e Goneril. Com as filhas, tudo o que faz o pai está errado: autoritários ou permissivos que sejam, ninguém virá jamais agradecer aos pais — as gerações se olham de través, só se falam para não se entenderem, para se acusarem mutuamente por crescerem infelizes e morrerem desiludidos.

Como foi acabar, Cordélia? Talvez sem mais asilo ou vestimentas com que se cobrir se tenha refugiado nessas charnecas desertas, onde bebe a água das fossas, e como Maria Egipcíaca se alimenta dos grãos de milho que as aves lhe vêm trazer. Esse pode ser por conseguinte o sentido do Arcano *A Estrela*, no qual Lady Macbeth por sua vez reconhece a si mesma sonâmbula, levantando-se de noite sem vestes e de olhos fechados contempla manchas de sangue nas mãos que tenta inutilmente lavar. Isso não basta! O odor do sangue não se extingue: todos os perfumes da Arábia não bastam para purificar aquelas mãos.

A essa interpretação opõe-se Hamlet que em seu relato chegou ao ponto em que (o Arcano O *Mundo*) Ofélia perde o juízo, vive a tagarelar disparates e lenga-lengas, vagueia pelos campos cingida de guirlandas — ranúnculos, urtigas, margaridinhas, e as compridas flores a que os nossos pastores desbocados dão um nome grosseiro mas a que as nossas donzelas pudicas chamam membro de defunto — e para continuar a história precisa mesmo daquela carta, do

*145*

■ *ITALO CALVINO*

Arcano Número Dezessete, no qual se vê Ofélia à margem de um regato, inclinada sobre a torrente vítrea e mucilaginosa que dentro de um instante a afogará tingindo de verde-mofo os seus cabelos.

Escondido entre os túmulos do cemitério, Hamlet pensa na *Morte* erguendo na mão o crânio sem queixo de Yorick, o bufão. (É este, agora, o objeto arredondado que o *Valete de Ouros* traz à mão!) Ali onde *O Louco* de profissão morreu, a loucura da destruição que nele encontrava escape e espelho segundo códigos rituais mistura-se à linguagem e aos atos dos príncipes e dos súditos, indefesos até mesmo em relação a si mesmos. Hamlet já sabe que em tudo quanto põe a mão provoca danos: pensam que ele não seja capaz de matar? Mas se é a única coisa em que se realiza! O mal é que sempre atinge alvos errados: quando mata, mata sempre um outro.

Duas espadas (*Dois de Espadas*) se cruzam num duelo: parecem iguais, mas uma é aguda e a outra obtusa, uma está envenenada e a outra asséptica. Seja como for, são sempre os jovens que se degolam primeiro, Laerte e Hamlet que uma sorte melhor teria visto cunhados e não vítima e algoz um do outro. Numa das Copas o Rei Cláudio despejou uma pérola que é uma pastilha de veneno para o sobrinho: não, Gertrudes, não bebas! Mas a rainha tem sede: tarde demais! Tarde demais a espada de Hamlet trespassa o rei, o quinto ato chega ao fim.

Para todas as três tragédias, o avançar do *Carro* de guerra de um rei vencedor assinala o baixar do pano. Fortimbrás da Noruega desembarca na branca ilha do Báltico, o palácio está em silêncio, o guerreiro caminha pelos mármores: mas é uma câmara mortuária! ali está estendida toda a família real da Dinamarca. Ó *Morte* altiva e esnobe! Quantos personagens da alta-roda conseguiste atrair para a festa de gala de teu antro sem saída abatendo-os de um golpe a abrir as folhas do Almanaque de Gotha com tua foice corta-papel?

Não, não é Fortimbrás: é o rei da França esposo de Cordélia que atravessou a Mancha em socorro de

Lear, e ataca de perto a armada do Bastardo de Gloucester, disputado pelas duas rainhas rivais e perversas, mas não chegará a tempo de libertar de sua jaula o rei louco e a filha, encerrados ali a cantar como pássaros e a rir às borboletas. É a primeira vez que um pouco de paz reina na família: bastaria que o sicário demorasse alguns minutos. Mas, em vez disso, chega pontual, estrangula Cordélia e é estrangulado por Lear, que grita: "Por que um cão, um cavalo, um rato têm vida e Cordélia não respira?", e a Kent, ao fiel Kent, não resta senão este voto que lhe faz: "Despedaça-te, coração, eu te peço, despedaça-te!".

A menos que se trate não do rei da Noruega nem da França mas do rei da Escócia, legítimo herdeiro do trono usurpado por Macbeth, e seu carro avance à frente do exército inglês, e Macbeth seja finalmente obrigado a dizer:

— Estou cansado de ver *O Sol* permanecer no céu, não vejo a hora em que se desfará a sintaxe do *Mundo:* que as cartas do jogo se embaralhem, as folhas dos infólios, os fragmentos de espelho da desgraça.

*NOTA*

Dos dois textos que compõem este volume, o primeiro, *O castelo dos destinos cruzados*, foi publicado inicialmente no volume *Tarocchi, il mazzo visconteo di Bergamo e New York*, pela editora Franco Maria Ricci, de Parma, em 1969. As gravuras que acompanham o texto na presente edição destinam-se a servir de evocação mnemônica das miniaturas reproduzidas nas cores e dimensões originais da edição Ricci. Trata-se do baralho de tarô pintado por Bonifácio Bembo para os duques de Milão por volta da metade do século XV, que hoje se encontra parte na Academia Carrara de Bérgamo, parte na Morgan Library de Nova York. Algumas das cartas do baralho de Bembo acabaram perdidas, entre as quais duas muito importantes para as minhas narrações: *O Diabo* e *A Torre*. Nos pontos em que tais cartas vêm designadas em meu texto, não pude por consequência estampar à margem a figura correspondente.

O segundo texto, *A taverna dos destinos cruzados*, é construído segundo o mesmo método, mas utilizando o maço de tarôs hoje mais internacionalmente difundido (e que teve, principalmente do surrealismo em diante, uma vasta fortuna literária): *L'ancien tarot de Marseille*, da casa B. P. Grimaud, que reproduz (numa "edição crítica" estabelecida por Paul Marteau) um baralho impresso em 1761 por

■ *ITALO CALVINO*

Nicolas Conver, maître cartier de Marselha. Diferentemente dos tarôs iluminados, estes se prestam a uma reprodução gráfica, mesmo reduzida, sem perder muito de sua sugestão, exceto no que respeita às cores. O maço "marselhês" não difere muito dos tarôs ainda em uso em grande parte da Itália como cartas de jogar; mas, enquanto nas cartas dos maços italianos a figura é cortada pela metade e repetida de cabeça para baixo, neste cada figura conserva a sua integridade de quadrinho ao mesmo tempo grosseiro e misterioso, que a torna particularmente adaptada à minha operação de narrar uma história por meio de figuras variadamente interpretáveis.

Os nomes franceses e italianos dos Arcanos maiores apresentam algumas diferenças: *La Maison-Dieu* é para nós *A Torre*, *Le Jugement* é *O Anjo*, *L'Amoureux* é *O Amor* ou *Os Amantes*, do singular *L'Étoile* passamos para o plural *As Estrelas*. Segui uma ou outra das nomenclaturas conforme o caso. (*Le Bateleur* e *Il Bagatto* [*O Mago*] são nomes de origem obscura em ambas as línguas: sua única significação segura é a de que corresponde ao tarô número um.)

A ideia de utilizar o tarô como máquina narrativa combinatória me veio de Paolo Fabbri que, num "Seminário internacional sobre as estruturas do conto", realizado em julho de 1968 em Urbino, apresentou uma comunicação sobre "O conto da cartomancia e a linguagem dos emblemas". A análise das funções narrativas das cartas de adivinhação tinha sido objeto de um primeiro estudo nos escritos de M. I. Lekomčeva e B. A. Uspensky, *A cartomancia como sistema semiótico*, e B. F. Egorov, *Os sistemas semióticos mais simples e a tipologia dos encadeamentos* (que foi publicado em tradução italiana em *I sistemi di segni e lo estruturalismo sovietico*, editado por Remo Faccani e Umberto Eco, pela Bompiani, de Milão, em 1969). Mas não posso afirmar que meu trabalho se valha da contribuição metodológica dessas pesquisas. Delas retive principalmente a ideia de que o significado de cada uma das cartas depende do lugar que esta ocupa na

NOTA ■

sucessão de cartas que a precedem e a seguem; partindo dessa ideia, procedi de maneira autônoma, segundo as exigências internas de meu texto.

Quanto à vastíssima bibliografia sobre cartomancia e a interpretação simbólica dos tarôs, muito embora tenha dela tomado o devido conhecimento, não creio que haja exercido muita influência sobre o meu trabalho. Preocupei-me principalmente em observar as cartas de tarô com atenção, com olhos de quem não sabe do que se trata, e delas retirar sugestões e associações, interpretando-as segundo uma iconologia imaginária.

Comecei pelos tarôs de Marselha, procurando colocar as cartas de modo que se apresentassem como cenas sucessivas de um conto pictográfico. Quando as cartas enfileiradas ao acaso me davam uma história na qual reconhecia um sentido, punha-me logo a escrevê-la; acumulei assim um vasto material; posso dizer que grande parte da *Taverna dos destinos cruzados* foi escrita nessa fase; mas não conseguia dispor as cartas numa ordem que contivesse e comandasse a pluralidade dos contos; mudava constantemente as regras do jogo, a estrutura geral, as soluções narrativas.

Estava para desistir, quando o editor Franco Maria Ricci convidou-me a escrever um texto para um livro em que reproduzia os tarôs dos duques de Milão. A princípio pensei utilizar as páginas que já havia escrito, mas logo me dei conta de que o mundo das miniaturas do século xv era completamente diverso do mundo das estampas populares marselhesas. Não só porque alguns Arcanos eram figurados de modo diverso (*A Força* era um homem, sobre *O Carro* havia uma mulher, *A Estrela* não estava nua mas vestida), a ponto de transformarem radicalmente as situações narrativas correspondentes, mas porque essas figuras supunham igualmente uma sociedade diversa, com outra sensibilidade e outra linguagem. A referência literária que me vinha espontaneamente era o *Orlando Furioso:* mesmo que as miniaturas de

# ITALO CALVINO

Bonifácio Bembo tenham precedido de quase um século o poema de Ludovico Ariosto, elas podiam representar muito bem o mundo visual em que a imaginação do poeta se havia formado. Tentei logo compor com os tarôs milaneses algumas sequências inspiradas no *Orlando Furioso*; assim, não tive dificuldade em construir o cruzamento central das narrativas de meu "quadrado mágico". Bastava deixar que em torno dele tomassem forma as outras histórias que se entrecruzavam para obter assim uma espécie de palavras cruzadas compostas de figuras no lugar de letras, nas quais além disso cada sequência se podia ler em ambos os sentidos. No curso de uma semana, o texto de *O castelo dos destinos cruzados* (e não mais *A taverna*) estava pronto para ser publicado na luxuosa edição a que era destinado.

Sob essa roupagem, *O castelo* obteve o consenso de alguns críticos-escritores desse gênero, foi analisado com rigor científico em doutas revistas internacionais por estudiosos como Maria Corti (numa revista que se publica em Haia, *Semiótica*) e Gérard Genot (*Critique*, 303-4, agosto-setembro 1972), e o romancista norte-americano John Barth falou sobre ele em seus cursos na Universidade de Buffalo. Essa acolhida encorajava-me a tentar a republicação de meu texto na forma habitual de meus outros livros, tornando-o independente das pranchas em cores do livro de arte.

Mas antes queria completar *A taverna* para juntá-la a *O castelo:* isso porque os tarôs populares, além de serem melhor reproduzíveis em preto e branco, estavam repletos de sugestões narrativas que eu não havia podido desenvolver n'*O castelo*. Antes de mais nada precisava construir também com os tarôs marselheses aquela espécie de "contentor" das narrativas cruzadas que havia conseguido fazer com os tarôs milaneses. E era essa operação que eu não conseguia realizar: queria partir de algumas histórias que a princípio as cartas me haviam imposto e às quais atribuíra certos significados, além de já haver escrito uma boa parte delas, mas não conseguia fazê-las encaixar num

154

NOTA ■

esquema unitário, e quanto mais estudava a história mais ela se tornava complicada, requerendo sempre um número crescente de cartas, que retirava das outras histórias às quais, no entanto, eu não queria renunciar. Assim passava dias inteiros a compor e a recompor o meu quebra-cabeça, imaginava novas regras do jogo, traçava centenas de esquemas, em quadrado, em losango, em estrela, mas sempre havia cartas essenciais que permaneciam fora e cartas supérfluas que ficavam no meio, e os esquemas se tornaram tão complicados (adquirindo às vezes até mesmo uma terceira dimensão, tornando-se cubos e poliedros) que eu próprio acabava me perdendo neles.

Para sair do impasse, abandonava os esquemas e me punha a escrever as histórias que já haviam tomado forma, sem me preocupar se elas iriam ou não encontrar um lugar na malha das outras histórias, mas sentia que o jogo só tinha sentido se submetido à imposição de regras ferrenhas: ou arranjava uma necessidade geral de construção que condicionasse o encaixe de cada história no conjunto das outras, ou então era tudo gratuito. Junte-se a isso o fato de que nem todas as histórias que conseguia compor visualmente pondo as cartas em fila davam bom resultado quando me punha a escrevê-las; havia algumas que não comunicavam qualquer impulso à narrativa e que eu tinha de abandonar para não comprometer a qualidade do texto; e havia outras que, ao contrário, superavam a prova e logo adquiriam a força de coesão da palavra escrita que uma vez escrita não há como demovê-la. Assim, quando tentava recomeçar a dispor as cartas em função de novos textos que havia escrito, as constrições e os impedimentos com que me devia afrontar haviam aumentado ainda mais.

A essas dificuldades nas operações pictográficas e fabulatórias juntaram-se as da orquestração estilística. Eu me dera conta de que ao lado de *O castelo*, *A taverna* só podia ter sentido se a linguagem dos dois textos reproduzisse a diferença dos estilos figurativos entre as miniaturas refinadas do Renascimento e as

155

■ *ITALO CALVINO*

toscas incisões do tarô marselhês. Propunha-me, por conseguinte, reduzir pouco a pouco o tom da matéria verbal até chegar ao nível de um balbucio de sonâmbulo. Mas, quando tentava reescrever nesse código páginas sobre as quais se havia aglutinado uma camada de referências literárias, elas resistiam a isso e me bloqueavam.

Em várias ocasiões, a intervalos mais ou menos longos, nestes últimos anos, eu voltava a me enfurnar nesse labirinto que logo me absorvia inteiramente. Estava ficando louco? Seria o influxo maligno daquelas figuras misteriosas que não se deixavam manipular impunemente? Ou era a vertigem dos grandes números que se desprende de todas as operações combinatórias? De súbito, decidia-me a renunciar, deixava tudo de lado, ocupava-me com outras coisas: era um absurdo perder mais tempo com uma operação da qual já havia explorado as possibilidades implícitas e que só tinha sentido como hipótese teórica.

Passava meses, um ano inteiro talvez, sem pensar mais nelas; e de repente me vinha a ideia de que podia voltar a elas tentando um outro método, mais simples, mais rápido, de resultado seguro. Recomeçava a compor esquemas, a corrigi-los, a complicá-los: deixava-me novamente engolfar por aquelas areias movediças, trancava-me numa obsessão maníaca. Havia noites em que acordava para ir correndo anotar uma correção decisiva, que acabava arrastando consigo uma cadeia interminável de modificações. Outras havia em que me deitava com o alívio de haver encontrado a fórmula perfeita; e de manhã, mal me levantava, rasgava-a.

*A taverna dos destinos cruzados* tal como hoje finalmente vê a luz é fruto dessa gênese tormentosa. O quadrado com as setenta e oito cartas que apresento como esquema geral de *A taverna* não tem o mesmo rigor do que fiz para *O castelo*: os "narradores" não procedem em linha reta nem segundo um percurso regular; há cartas que voltam a se apresentar em todas as narrativas e mais de uma vez na mesma história. Da mesma forma, o texto escrito pode ser considerado um

*156*

NOTA ■

arquivo dos materiais acumulados pouco a pouco, ao longo de estratificações sucessivas de interpretações iconológicas, de humores temperamentais, de intenções ideológicas, de escolhas estilísticas. Se me decido a publicar *A taverna dos destinos cruzados* é principalmente para libertar-me. Ainda hoje, com o livro em provas, continuo a meter-lhe a mão, a desmontá-lo, a reescrevê-lo. Só quando o volume for publicado é que sairei dele de uma vez para sempre, espero.

Quero ainda informar que por algum tempo nas minhas intenções este livro devia comportar não dois mas três textos. Deveria procurar um terceiro baralho de tarô bastante diverso dos outros dois? A certa altura sobreveio-me uma sensação de fastio pela prolongada frequentação desse repertório iconográfico medieval--renascentista que obrigava o meu discurso a se desenvolver entre certos trilhos. Senti a necessidade de criar um contraste brusco repetindo uma operação análoga com um material visual moderno. Mas qual é o equivalente contemporâneo dos tarôs como representação do inconsciente coletivo? Pensei nas histórias em quadrinhos; não as humorísticas, mas as dramáticas, as de aventura, de terror: gângsteres, mulheres aterrorizadas, astronaves, vampes, guerra aérea, cientistas loucos. Imaginei colocar ao lado de *A taverna* e de *O castelo*, numa moldura semelhante, *O motel dos destinos cruzados*. Alguns personagens escapados de uma catástrofe misteriosa encontram refúgio num motel semi-destruído, onde só restou uma folha de um jornal chamuscado: a página das histórias em quadrinhos. Os sobreviventes, que perderam a fala por causa do pavor, contam suas histórias indicando as vinhetas, mas sem seguir a ordem de cada historieta: passando de uma sequência a outra em colunas verticais ou em diagonal. Não fui além da formulação da ideia tal como agora a exponho. Meu interesse teórico e expressivo por esse tipo de experimentos já passou. É tempo (de todos os pontos de vista) de passar a outra coisa.

*Outubro de 1973*

1ª EDIÇÃO [1991] 8 reimpressões
2ª EDIÇÃO [2006] 2 reimpressões

ESTA OBRA FOI COMPOSTA PELA VERBA EDITORIAL EM GARAMOND LIGHT
E IMPRESSA EM OFSETE PELA GEOGRÁFICA SOBRE PAPEL PÓLEN NATURAL
DA SUZANO S.A. PARA A EDITORA SCHWARCZ EM AGOSTO DE 2023

A marca FSC® é a garantia de que a madeira utilizada na fabricação do papel deste livro provém de florestas que foram gerenciadas de maneira ambientalmente correta, socialmente justa e economicamente viável, além de outras fontes de origem controlada.